AF670951

Tucholsky Wagner Zola Scott Sydow Schlegel
Turgenev Wallace Fonatne Freud
Twain Walther von der Vogelweide Fouqué Friedrich II. von Preußen
Weber Freiligrath
Fechner Fichte Weiße Rose von Fallersleben Kant Ernst Frey
Richthofen Frommel
Hölderlin
Fehrs Engels Fielding Eichendorff Tacitus Dumas
Faber Flaubert
Feuerbach Maximilian I. von Habsburg Fock Eliasberg Zweig Ebner Eschenbach
Ewald Eliot Vergil
Goethe London
Mendelssohn Balzac Shakespeare Elisabeth von Österreich
Lichtenberg Rathenau Dostojewski Ganghofer
Trackl Stevenson Tolstoi Hambruch Doyle Gjellerup
Mommsen Thoma Lenz Hanrieder Droste-Hülshoff
Dach Verne von Arnim Hägele Hauff Humboldt
Karrillon Reuter Rousseau Hagen Hauptmann Gautier
Garschin
Damaschke Defoe Hebbel Baudelaire
Descartes
Wolfram von Eschenbach Schopenhauer Hegel Kussmaul Herder
Darwin Dickens Rilke George
Bronner Melville Grimm Jerome
Campe Horváth Aristoteles Bebel Proust
Bismarck Vigny Barlach Voltaire Federer Herodot
Gengenbach Heine
Storm Casanova Tersteegen Grillparzer Georgy
Lessing Gilm
Chamberlain Langbein Gryphius
Brentano Lafontaine
Strachwitz Claudius Schiller Kralik Iffland Sokrates
Katharina II. von Rußland Bellamy Schilling
Gerstäcker Raabe Gibbon Tschechow
Löns Hesse Hoffmann Gogol Wilde Vulpius
Luther Heym Hofmannsthal Gleim
Morgenstern
Roth Klee Hölty Goedicke
Heyse Klopstock Kleist
Luxemburg Puschkin Homer Mörike
La Roche Horaz Musil
Machiavelli
Navarra Aurel Musset Kierkegaard Kraft Kraus
Lamprecht Kind Kirchhoff Hugo Moltke
Nestroy Marie de France
Nietzsche Nansen Laotse Ipsen Liebknecht
Marx Ringelnatz
von Ossietzky Lassalle Gorki Klett Leibniz
May
vom Stein Lawrence Irving
Petalozzi
Platon Pückler Michelangelo Knigge
Sachs Poe Kock Kafka
Liebermann
de Sade Praetorius Mistral Zetkin Korolenko

Der Verlag tredition aus Hamburg veröffentlicht in der Reihe **TREDITION CLASSICS** Werke aus mehr als zwei Jahrtausenden. Diese waren zu einem Großteil vergriffen oder nur noch antiquarisch erhältlich.

Symbolfigur für **TREDITION CLASSICS** ist Johannes Gutenberg (1400 — 1468), der Erfinder des Buchdrucks mit Metalllettern und der Druckerpresse.

Mit der Buchreihe **TREDITION CLASSICS** verfolgt tredition das Ziel, tausende Klassiker der Weltliteratur verschiedener Sprachen wieder als gedruckte Bücher aufzulegen – und das weltweit!

Die Buchreihe dient zur Bewahrung der Literatur und Förderung der Kultur. Sie trägt so dazu bei, dass viele tausend Werke nicht in Vergessenheit geraten.

Endrik Kraupatis

Ernst Wichert

Impressum

Autor: Ernst Wichert
Umschlagkonzept: toepferschumann, Berlin

Verlag: tredition GmbH, Hamburg
ISBN: 978-3-8424-1282-8
Printed in Germany

Rechtlicher Hinweis:
Alle Werke sind nach unserem besten Wissen gemeinfrei und unterliegen damit nicht mehr dem Urheberrecht.

Ziel der TREDITION CLASSICS ist es, tausende deutsch- und fremdsprachige Klassiker wieder in Buchform verfügbar zu machen. Die Werke wurden eingescannt und digitalisiert. Dadurch können etwaige Fehler nicht komplett ausgeschlossen werden. Unsere Kooperationspartner und wir von tredition versuchen, die Werke bestmöglich zu bearbeiten. Sollten Sie trotzdem einen Fehler finden, bitten wir diesen zu entschuldigen. Die Rechtschreibung der Originalausgabe wurde unverändert übernommen. Daher können sich hinsichtlich der Schreibweise Widersprüche zu der heutigen Rechtschreibung ergeben.

Am Gilgefluß. Federzeichnung von Ernst Wichert.

Die große Mühle in Kraupatischken war vor zwei Jahren abgebrannt.

Man nannte sie die »große Mühle«, weil das Flüßchen, das unfern diesem Dorf in den Pregel mündete, weiter aufwärts noch zwei oder drei Mühlen trieb, die über eine geringere Wasserkraft verfügten. Aber die Mühle hatte auch wirklich zu der Zeit, in der sie angelegt wurde, und in diesem Teile von Preußisch-Litauen für ein bedeutendes Werk gelten können. Später, bei verbesserter Technik, war sie von mancher Konkurrentin überholt. Aber sie hieß noch immer im Volksmunde »die große Kraupatischker Mühle«, und so hieß sie auch, nachdem sie abgebrannt war und bis auf ein unversehrt gebliebenes Seitenhäuschen als Ruine dalag.

Es war übrigens seit dreißig oder vierzig Jahren, also ungefähr so weit zurück, als die jetzigen älteren Männer Kinder gewesen waren, üblich geworden, sie auch die »alte« Kraupatischker Mühle zu nen-

nen. Nicht weil ihr eine neue zur Seite stand, sondern weil sie wirklich nachgerade alt, recht alt war. Davon konnten sich alle Mahlgäste überzeugen, die unter ihr mächtiges Dach traten - die ganze Mühle schien, aus einiger Entfernung gesehen, nur Dach zu sein - und das Gebälk bewunderten. Es stammte noch aus der Zeit, als an den Quellflüssen des Pregels meilenweite Wälder mit ihren Beständen von uralten Eichen das Land bedeckten - dort, wo sich unter der Herrschaft des deutschen Ordens und unter den Herzögen und viel später noch bis in die Regierungszeit des Großen Kurfürsten hinein »die Wildnis« als Schutz gegen feindliche Einfälle ausdehnte. Wer damals eine Anweisung auf Bauholz erhielt, hatte die Auswahl unter einer Riesengarde und konnte seinen Bedarf nach völligem Maß decken. Man baute ja auch noch »für die Ewigkeit«. Die Balken, die da von Mauer zu Mauer querüber lagen, mochten gut die vierfache Stärke heutiger Träger haben und waren so dicht gereiht, daß sie kaum eines Bretterbelages bedurften. Über ihnen aber strebte ein Wald von Stützen, Riegeln und Sparren auf; man hätte da einmal gehörig »durchforsten« können, ohne die Sicherheit des mit schweren Pfannen, Mönchen und Nonnen gedeckten Daches zu gefährden.

Und wie schwarzbraun das Holz geworden war! Nicht die kleinste morsche Stelle ließ sich entdecken. Es war, nicht nur bildlich gesprochen, »fest wie Eisen«. Mit der Axt einen Splitter abzubringen, kostete keine kleine Mühe. Und von demselben Material waren die Räder und die Wehre, der Fachbaum und die Schützen darüber. »Ja, damals verstanden die Leute noch haltbar zu bauen! So ein Holzchen - hä, hä, hä! Es ist eine Freude anzusehen.«

Das alte Ding stand so fest, daß kein Sturm es umwerfen und kein Hochwasser es unterspülen konnte. Vielleicht wär's wirklich für die Ewigkeit gebaut gewesen, wenn das Feuer es nicht zerstört hatte. Merkwürdig! Durch ein paar Jahrhunderte war es auch von diesen Elementen verschont geblieben. Aber vor zwei Jahren - das war freilich auch nicht mit rechten Dingen zugegangen: das Feuer mußte angelegt sein. So zufällig fing solches Holz nicht Feuer, es war sicher mit Petroleum begossen worden. Das hatte eine Flamme abgegeben, als ob das ganze Dorf brannte - meilenweit war sie zu sehen gewesen, und Nacht und Tag und die zweite Nacht hatte sie reichlich zu zehren gefunden. Als die schweren Dachziegel schon prasselnd und polternd in den Innenraum gefallen waren und da wie ein schwarzer Berg aufgehäuft lagen, stand noch das verkohlte Gebälk, und als man's mit langen Hakenstangen umriß, zeigte sich's, daß das Feuer nicht hatte durchfressen können. Ja, so ein Holzchen!

Leider war nicht nur die alte Mühle zerstört worden, sondern bei dem schrecklichen Brande auch ein Menschenleben verlorengegangen. Die volle Gewißheit davon hatte man erst beim Aufräumen erlangt, als man die verkohlten Gebeine eines Menschen fand. Es ließ sich denn auch feststellen, daß ein Bettler, der sich den Tag über im Dorfe herumgetrieben, spät abends nach der Mühle gegangen und dann verschwunden war. Er mochte von hinten über den Schweinestall eingestiegen sein und sich auf dem Heuboden sein Nachtlager bereitet gehabt haben. Man meinte anfangs, er sei der Brandstifter gewesen, vielleicht aus Rache, weil er von der Mutter des Müllers abgewiesen worden. Aber es mußte doch unglaublich scheinen, daß er dann so lange wartete, bis ihm die Flamme den Ausweg sperrte. Mit Vermutungen durfte man sich nicht lange plagen. Schnell genug wurde gewiß, was kein Mensch für möglich gehalten hätte: der Müller selbst hatte die Mühle angesteckt.

Der Müller war Heinrich Kraupat oder, wie die Litauer ihn nannten, Endrik Kraupatis. Solange man zurückdenken konnte, hatte der Besitzer der großen Kraupatischker Mühle stets Kraupat geheißen. Auch aus den Grundakten ergab sich kein anderer Name. Es war sehr möglich, daß keineswegs in älterer Zeit immer der Sohn dem Vater folgte; der Ehemann einer Tochter oder selbst der Käufer konnte den Namen Kraupat angenommen haben; denn der Müller in Kraupatischken konnte füglich gar nicht anders heißen. Unzweifelhaft war aber bereits der Großvater des Heinrich Kraupat Besitzer der Mühle gewesen. Er hatte, wie erzählt wurde, zu der Zeit, als die Franzosen hier durch nach Rußland gingen, sein Geld so gut versteckt gehabt, daß sie es nicht hatten auffinden können. Sein Sohn galt sein Leben lang als ein wohlhabender Mann, und auch von dessen Sohn Heinrich wußte man's nicht anders, als daß er so manchen Gutsbesitzer und Pferdezüchter in der Gegend »bequem in die Tasche stecken« könnte. Aber er war bei Gericht trotz allen Leugnens überführt worden. Zehn Jahre Zuchthaus hatte er vom Schwurgericht in Tilsit bekommen, weil beim Brande ein Mensch das Leben verloren hatte. Es wurde ihm dabei schon zu gut gerechnet, daß ihm dessen Anwesenheit in der Mühle unbekannt gewesen sein konnte.

Endrik Kraupat hatte einen Zeugen seiner Tat gehabt. Es war sonst nicht viel gegen ihn ermittelt: daß er einmal beim Glase Bier im Ärger sich ausgelassen, das alte Ding stehe schon zu lange und tauge in jetziger Zeit nicht viel; die Mühle abzubrechen und nach den jetzigen Prinzipien wieder aufzubauen, kostete zuviel Geld. Der Himmel könnte aber wohl einmal ein Einsehen haben und einen Blitz herunterschicken. Brenne das alte Gestell nieder, so hätte ja doch niemand einen Schaden davon, die Versicherungsgesellschaft müsse blechen. Das hatten viele gehört und nicht sonderlich schwer genommen. Erst nachträglich war ihnen eingefallen, daß die Worte Bedeutung gehabt haben könnten. Ein andermal hatte er gemeint, er sei eigentlich kein rechter Müller, da er das Handwerk nicht aus dem Grunde gelernt habe, und würde, wenn er günstig gegen bar verlaufen könnte, lieber etwas anderes unternehmen, einen Pferdehandel vielleicht oder dergleichen. Auch das hatte niemand verwundert, da man ja wußte, daß die Mühle seinem älteren Bruder bestimmt gewesen war, der dann leider verunglückte, und daß Endrik damals als Sergeant bei den Dragonern diente und Gendarm zu werden beabsichtigte. Nun war auch das vorgeholt. An sich konnte auch nichts Verfängliches darin gefunden werden, daß er am Abend vor dem Brande seine Leute mit dem Fuhrwerk nach der Stadt geschickt hatte, eine Maschine abzuholen, die viel Wasserkraft sparen sollte. Jetzt hieß es, er hätte die Pferde nicht verbrennen lassen wollen. Es wurde ausgerechnet, daß die Mühle sehr hoch versichert gewesen sei. Aber das alles, zusammen mit dem Umstande, daß die Mühle unzweifelhaft angesteckt worden war, wie sich das Feuer entwickelt hatte, würde ihm nicht den Hals gebrochen haben. Der Zeuge gab den Ausschlag. Beschwor doch der alte Davids Ensikat, der in seinen jungen Jahren noch bei dem Großvater des jetzigen Müllers in der Lehre gewesen war, seinem Vater lange Jahre gedient hatte und jetzt in der Mühle das Gnadenbrot aß, er habe mit eigenen Augen gesehen, wie Endrik in der bestimmten Nacht das Feuer anlegte. Gegen ein solches Zeugnis hatte alles Ableugnen nichts geholfen.

Fast ein Jahr lang, die Untersuchungshaft ungerechnet, hatte er in der Anstalt zugebracht. Da war es endlich den unablässigen Bemühungen seiner alten Mutter, der Erdme Kraupatene, gelungen, beim Oberlandesgericht in Königsberg das Wiederaufnahmeverfahren durchzusetzen. In der Sache mußte deshalb vor dem Schwurgericht nochmals verhandelt werden, und diesmal erfolgte seine Freisprechung. Das war erst gestern abend zu später Stunde geschehen. Der Advokat hatte telegraphiert. Das ganze Dorf war nun in großer Aufregung. Man hatte sich ausgerechnet, wann Endrik Kraupat, dem sogleich ein Fuhrwerk entgegengeschickt war, zu Hause anlangen könne. Ein festlicher Empfang wurde vorbereitet.

Soviel davon sich wenigstens in der Geschwindigkeit vorbereiten ließ! Am Eingang des Dorfes, nicht weit von der Mühle übrigens, war eine Art von Ehrenpforte errichtet: zwei Stangen mit Fähnchen und eine Laubgirlande dazwischen. Solche Laubgewinde hingen auch in kleinen Bogen an dem Mauerrest der Mühle und kränzten die Tür des vom Brande verschont gebliebenen Wohnhäuschens. Die drei Steinstufen zu derselben und der Weg dahin zeigten sich mit weißem Sand und gehackten Tannen bestreut. Um die Stämme der beiden Linden am Eingang durch den Gartenzaun war ein langes Stück Zeug gezogen und mit einer litauischen Inschrift versehen, die ungefähr soviel sagte als: Gott schützt die Unschuld. Die alte Kraupatene hatte sie vom Schullehrer mit Teer aufschreiben lassen. Aber auch über den Türen der meisten Bauernhäuser steckte mindestens ein Birkenstrauch. Jeder, der von dem Müller in den letzten Jahren schlecht gesprochen hatte, wollte das möglichst rasch in Vergessenheit bringen. Ließ sich danach die freundliche Gesinnung ermessen, so war er bei dem Krüger seit gestern ganz besonders gut angeschrieben: der Mann hatte in der Nacht sein Fuhrwerk nach dem Walde geschickt und sechs Tannenbäumchen von doppelt Manneshöhe holen lassen, die nun rings um den mit Bänken und Tischen bestellten Podest vor der Tür eingegraben und festgebunden waren und dem Hause ein freundliches Aussehen gaben. Auch hingen die beiden Fahnen – eine schwarzweiße und eine schwarzweißrote –, die sonst nur zu Königs Geburtstag oder anderen Festtagen in Gebrauch genommen wurden, aus der Dachluke am Giebel herab. Es war in Kraupatischken auch noch nicht vorgekommen, daß einer zu zehn Jahren Zuchthaus verurteilt und dann wieder freigesprochen wurde.

Auf dem Podest saßen dicht zusammengedrängt alle die Dorfinsassen, die früher eine Ehre darin gesucht hatten, zur Freundschaft des Müllers gezählt zu werden, Deutsche und Litauer. Das Dorf war wohl nie ganz litauisch gewesen, jetzt aber, wie die ganze Gegend hier, fast völlig verdeutscht, so daß in der nächstgelegenen Kirche nur an jedem vierten Sonntage ein litauischer Gottesdienst abgehalten zu werden pflegte. Nur noch die älteren Leute sprachen untereinander litauisch und behielten die alte, so gut kleidende litauische Tracht bei. In der jüngeren Generation erinnerten meist nur die Namen an die Abstammung; es galt ihr für vornehm, in Sprache und Gewohnheiten von den Deutschen nicht unterschieden werden zu können.

Der Krüger mußte die Gläser häufig füllen; man hatte sich's nun einmal vorgenommen, zu warten, bis der Müller eintreffen werde. Das große Wort führte ein kleiner, buckliger Kerl, der den schäbigen Filzhut von der kahlen Stirn zurückgeschoben hatte und bei Kraftstellen seiner Rede mit der langfingerigen Hand daraufpaukte, um den Eindruck zu verstärken. Seine kleinen Augen blinzelten fortwährend unruhig im Kreise herum, sich zu vergewissern, daß die Aufmerksamkeit seiner Zuhörer nicht aussetzte, und der breite Mund kaute recht wohlgefällig die Worte, die mit geringen Abänderungen mehrmals wiederholt zu werden pflegten. Es war der Jons Szamaitat, ehemals Lehrer im Heydekrugischen, dann abgesetzt und seitdem Schreiber für jeden, der seine Feder gegen kleinen Entgelt brauchte, zudringlich, boshaft, gern gemieden und doch in der Not stets wieder aufgesucht, den Behörden verhaßt. Die Dorfhonoratioren setzten sich sonst im Kruge nicht gern mit ihm an denselben Tisch, wenn sie auch mitunter gnädigst seine Zeche bezahlten. Heute war das etwas anders. Szamaitat hatte ja die Sache des Müllers in seiner Mutter Auftrag mit allem Eifer betrieben und ein glänzendes Resultat erzielt. Er war natürlich zur Schwurgerichtssitzung nach Tilsit gefahren, um den Rechtsanwalt, der die Verteidigung übernommen hatte, in jedem Augenblick beraten zu können, hatte sich aber sofort nach Verkündigung des freisprechenden Urteils in größter Eile auf den Heimweg gemacht, um für den feierlichen Empfang des unschuldig Bestraften sorgen zu können. Er selbst hatte heute seinen großen Tag.

»Ja, seht ihr, Herrschaften,« sagte er, indem er sein Glas über die Schulter weg dem Krüger zur Neufüllung zureichte, »es kommt alles darauf an, daß man eine Sache richtig anfaßt - richtig in die Hand nimmt - sagen wir: richtig anfaßt. Das ist das eine. Und das andere ist die Energie, die Nachdrücklichkeit, die Force. Nicht loslassen, Herrschaften, nicht loslassen - darauf kommt alles an. Wenn ein Mensch schuldig ist, dann mit allen Hunden hinter ihm her, bis ihm der Atem ausgeht und alle Hakenschläge nichts mehr helfen. Das ist klar - was? Wenn aber ein Mensch unschuldig ist, dann alle Leitern ansetzen, ihn herunterzuholen, mögen sie auch zehnmal abgeworfen werden. Das ist ebenso klar - hm?« Er schlug eine tiefe Beule in seinen Filz. »Der Endrik Kraupatis war unschuldig - ich hab' keinen Augenblick daran gezweifelt. Keinen Augenblick, obgleich's einen, der nichts von solchen Sachen versteht, wohl stutzig machen konnte, daß der alte Ensikat so schlankweg auf seine Aussage den Eid leistete. Es lag gegen ihn nichts vor, als daß er, wie jedes Kind weiß, auf dem linken Auge ganz blind ist und auf dem rechten halb. Das ist damals auch gegen sein Zeugnis vorgebracht, hat aber nichts verschlagen. Denn die Richter machten einen Versuch im Schwurgerichtssaal und stellten ihm auf gewisse Entfernung allerhand Leute abwechselnd mit Kraupat vor, aber der alte Kerl hatte immer die richtige Witterung und versah sich nicht ein einziges Mal. Da haben sie ihm denn natürlich geglaubt, daß er auch in jener Nacht den Richtigen gesehen hat, und damit war's entschieden. Wie aber seine alte Mutter zu mir mit Tränen in den Augen sagte: ›;Jons, der Endrik ist unschuldig wie ein neugeborenes Kind - so wahr Gott lebt, er ist unschuldig, mein Sohn!‹ - da gab ich ihr die Hand darauf, daß er unschuldig ist, und daß es ans Licht kommen soll. Fragt sie selbst, Herrschaften, ob ich ihr nicht darauf die Hand gegeben habe.«

Er hatte das heute gewiß schon zehnmal erzählt. Aber man hörte ihm auch geduldig zum elftenmal zu. Irgendein Wörtchen war immer noch neu oder konnte doch neu sein, Und so fuhr er denn, nachdem er sich durch einen langen Zug gestärkt hatte, fort: »Das war soweit ganz gut, Herrschaften. Wie aber die Sache anfassen? Denn ihr müßt wissen, es gibt wohl eine Möglichkeit, einen, der schon rechtskräftig verurteilt ist, wieder loszubekommen, aber seine Schwierigkeit hat's doch. Sehr seine Schwierigkeit, sag' ich euch.«

»Jawohl, jawohl - sehr seine Schwierigkeit,« wurde von allen Seiten gerufen, »wir kennen ja die Geschichte,« aber der Bucklige sah darin nur eine Ermunterung, die Unterhaltung fortzusetzen, gab seinem Filzhut einen Stoß von unten her, daß er auf dem linken Ohr zu sitzen kam, langte in eine große Holzdose, die einer von den Gästen dem andern über den Tisch schob, balancierte die Prise auf dem Daumen und wiederholte nochmals:

»Sehr seine Schwierigkeit, Herrschaften. Denn es mußte da etwas Nagelneues vorgebracht werden, das der Richter damals nicht gewußt hat, und es muß auch von Wichtigkeit sein, so daß man meinen könnte, der Richter damals hätt' einen andern Spruch getan, wenn er's gewußt hätt'. Und da ist's nicht genug, daß man's vorbringt, das Gericht muß auch daran glauben und die Sache wieder einleiten. Hat's dazu keine Lust, so wird's wegen der Gründe zur Ablehnung nicht verlegen sein. Sie machen euch da so ›;in Erwägung, daß - und obgleich - und dennoch‹, daß ihr gar nicht wißt, was ihr zu lesen bekommt. In diesem vorliegenden Fall war's nun klar, daß die Unschuld nicht zutage kommen könnt', solange das Zeugnis des alten David Ensikat galt. Da war also die Schraube anzusetzen. Die Mutter des Müllers, die ganz unsinnig in ihrem Kummer über den Sohn war, hat ihn unter vier Augen tüchtig ins Gebet genommen, und da hat er sich so ein Wörtchen entwischen lassen, mit dem nicht zu spaßen ist. Die Kraupatene hat wohl gewußt, daß ihr Sohn als junger Mensch mit einem Mädchen was vorgehabt hat, das dann ins Wasser gesprungen und unter den Mühlrädern aufgefischt ist, aber kein Mensch hat eine Ahnung davon gehabt, daß das Mädchen des Ensikats Tochter auf unrechte Art gewesen ist, der Endrik Kraupat auch nicht. Das hat der Alte nun ausgeschwatzt, als hätt' Gott den Endrik dafür bestraft, daß er das Mädchen verführt und hinterher sitzengelassen. Und da hatten wir ihn.«

Er faßte seinen Filz und setzte ihn zweimal wuchtig auf das kahle Haupt nieder. Die Bauern lachten. Der Krüger aber, der eben die Gläser abräumte, meinte: »Es half aber nichts, daß ihr ihn hattet. Ich besinne mich noch wie heute, was da für ein Lamento war, als der

Brief kam: in Erwägung, daß und so weiter – es wird nichts verzapft.«

Der Schreiber sah ihn eine Weile über die Schulter mit blinzelnden Augen an, als wollte er eine höhnische Antwort folgen lassen. Er besann sich aber noch zur rechten Zeit, daß der Krüger sich wohl so etwas erlauben dürfte, schob deshalb den Zeigefinger unter der Nase hin und her und sagte: »Na ja – es half nichts, für sich allein half's nichts. Kein Baum fällt auf den ersten Hieb, Herrschaften, das weiß jedes Kind. Mit Energie zwingt man's. Das Gericht wollt' nicht gleich daran glauben. Wenn die Tatsache auch richtig wär' und allenfalls anzunehmen, daß Ensikat gegen den Endrik Kraupat damals einen Groll gefaßt, so seien doch viele Jahre darüber vergangen, ohne daß er ihm eine Feindlichkeit bewiesen, und könnte auch nicht daraus gefolgert werden, daß der alte Mann einen falschen Eid geleistet haben sollte. Das Gericht wollt' eben nicht heran, und die Beschwerde blieb auch ohne Erfolg, so gut sie abgefaßt war. Die Kraupatene war nun aber erst recht überzeugt, daß ihrem Sohne schwerstes Unrecht geschehen. ›;Jons,‹ hat sie zu mir gesagt,›;ich hab' keine Nacht Ruhe, der Endrik ist unschuldig, hilf ihm aus dem Zuchthaus heraus.‹ – ›;Das tät' ich gern, Frau,‹ hab' ich geantwortet, ›;aber wie soll man weiter an die Sache heran? Ja, wenn sich ein Alibi beweisen ließe.‹ – ›;Was ist das, ein Alibi?‹ hat sie gefragt. Da hab' ich ihr's auseinandergesetzt, wie ich es euch vorhin auseinandergesetzt habe, und da hat sie nun erst recht keine Nacht Ruhe gefunden, bis sie's herausgebracht hatte.«

»Das mit der Ilsze Balmus – ja, ja! An so etwas hat kein Mensch gedacht gehabt. Der Endrik Kraupat, der Müller! Er hat mit seiner Frau immer gut gelebt – von Zank und Streit hat man nichts gehört –« so fiel man von allen Seiten ein. Offenbar war da der interessanteste Punkt berührt.

Der Schreiber pfiff durch die Zahne. »Sie hat's beschworen und gestern ihre ganze Aussage auf den geleisteten Eid wiederholt, obgleich ihr der Präsident nicht schlecht zugesetzt hat. Was wollt ihr? Die Ilsze ist eine hübsche Person – hat schon manchem den Kopf verdreht. Ob einer verheiratet ist oder nicht, das tut ihr wenig, wenn er sich nur fangen läßt. Sie hat so eine Art – na, Herrschaften, gestern im Zeugenraum, die Richter vor sich, die Geschworenen und den Staatsanwalt zur Seite, das Publikum hinter sich – und dabei denn doch sozusagen die eigene Schande bekennen müssen, das ist keine angenehme Position. Aber die nichtsnutzige Margelle hat sich in ihrem besten Sonntagsputz ein Ansehen zu geben gewußt – von den Richtern hat da wahrend der ganzen Zeit keiner in seinen Akten geschrieben, und die Geschworenen hatten alle Schläfrigkeit vergessen. Man konnt's ihr schon glauben, daß der Müller nicht eisenfest geblieben ist, nachdem sie ihn mit freundlichen Augen angesehen hat. Daß sie nicht viel taugt und eigentlich von Kindheit an nicht auf rechten Wegen gewesen ist, hat sie selbst zugegeben, aber bestraft ist sie bisher nicht; das hat der Herr Staatsanwalt selbst bestätigen müssen, der sonst nicht schonend mit ihr verfuhr. Diese Ilsze Balnus hat nun auf ihren Eid versichert, daß der Müller gerade diese Nacht im alten Hirtenhause gewesen und erst fortgegangen ist, als schon der Feuerschein durch die Ritzen der Lade drang und sie beide aufschreckte. Das hat ganz heimlich geschehen können, denn sie wohnte da draußen ganz allein, nachdem das Dorf die Weide geteilt hatte und jeder Wirt sein Vieh auftrieb, wie es ihm gefiel. Es hat ihn keiner kommen und gehen sehen. Und so erklärt sich's nun auch, daß man ihn nicht gleich zu Anfang beim Brande bemerkt hat, was ihm übel genug ausgelegt ist, da er sich in seinen Angaben, wo er gesteckt, widersprochen und doch schließlich nichts recht Glaubhaftes vorgebracht hat. Man kann sich ja denken, warum. Er hat mit seiner Frau stets im besten Einvernehmen gelebt und das Verhältnis nicht auseinanderbringen wollen. Deshalb hat er auch hinterher vor dem Richter nichts ausgesagt und wohl gehofft, daß er auch ohnedies freikommen möchte, oder selbst das Schlimmste lieber auf sich zu nehmen, als den Ehebruch gestehen wollen. Und selbst im Zuchthause hat er sich lange auf die Zunge gebissen, bis ihm denn doch das Leben dort unerträglich geworden. Seine Mutter war dorthin gereist, als unsere Beschwerde abgewiesen war, und hat ihn auch ein paarmal sprechen dürfen. In Gegenwart des Gefängnisinspektors freilich. Aber sie hat ihm doch sagen können, daß die Ilsze Balnus bei ihr gewesen sei und gesagt hätte, sie könnt' es nicht langer auf ihrem Gewissen behalten, daß er unschuldig so schwere Strafe leiden müßt'. Und so und so. Da hat er's nach vielem Sträuben zugeben müssen. Der Mutter aber ist der Sohn lieber als die Schwiegertochter. Und so hat sie's durch mich anzeigen lassen. Da haben sie den Endrik denn wohl freisprechen müssen.«

»Und hat ein Jahr unschuldig gesessen - ein Jahr Zuchthaus - es ist gottsjämmerlich! Was einem passieren kann durch schlechte Menschen - man ist seines Lebens nicht sicher! - Wahrhaftig!« ließen sich wieder viele Stimmen zugleich vernehmen.

Szamaitat zog den alten Filzhut über die Augen. »Ja, man muß sich schämen,« zischelte er, »was die Justiz so fertigbringt. Es ist himmelschreiend, daß in einem zivilistischen Staate einer unschuldig verurteilt werden kann und brummen muß. Es sind Fälle, Herrschaften, da liegt der Kasus noch verrückter. Denn wie einer unschuldig zu zehn Jahren Zuchthaus verurteilt werden kann, so kann er auch unschuldig zum Tode verurteilt werden, wegen Mordes zum Beispiel. Und die Sache kann so klipp und klar liegen, daß der König sagt: Kopf ab! Und hinterher kommt die Wahrheit an den Tag. Den Kopf setzt keiner mehr an - ha, ha, ha! Ein Jahr im Zuchthause sitzen, ist auch keine Kleinigkeit, aber es geht doch meist nicht ans Leben. Zuchthaus - puh! Ich hab' mal da einen besucht, für den etwas geschrieben werden sollte. Die langen Gänge durchs ganze Haus und rechts und links die eisenbeschlagenen Türen zu den engen Zellen und die vergitterten kleinen Fenster, und kein Wort wird gesprochen, und das schlechte Essen einen Tag wie den andern - puh! Wer das unschuldig hat aushalten müssen ... Wie entschädigt der Staat so einen? Nehmt zum Beispiel den Müller. Was bekommt der für sein Jahr Zuchthaus? He? Seine Mühle hat er nicht wieder aufbauen können, da die Versicherungsgelder nicht gezahlt sind. Nun vergeht wieder ein Jahr, bis sie fertig dasteht. Und inzwischen gar kein Verdienst. Die Mahlgäste haben sich anderswohin gewöhnt. Dafür zahlt der Staat keinen Pfennig. Das ist ein Unglück, heißt es - wie wenn einem ein Dachziegel auf den Kopf fällt oder ein Unwetter die Felder verhagelt. Eine schöne Gerechtigkeit! Es ist himmelschreiend.«

Der Gendarm kam durchs Dorf geritten und stieg am Kruge ab. Es geschah wohl nicht ganz zufällig, daß er auf seiner Runde hier vorüberkam. Er hatte schon vom Landrat erfahren, was geschehen, und hielt es für geboten, beim Eintreffen des Müllers zur Stelle zu sein, um Unordnungen zu verhüten. Er fand die Gesellschaft denn auch schon recht angeheitert und zu einem stürmischen Empfange bereit. Das eben angeregte Thema wurde weiterbesprochen, der bucklige Schreiber dampfte jetzt aber sehr die Stimme, wenn der Gendarm seinen gelben Schnurrbart drehte und ihn dabei scharf ansah. Der Mann der Ordnung bewahrte große Ruhe und ließ nur von Zeit zu Zeit würdevoll ein Wort fallen, um »das staatliche Interesse zu wahren«. »Irren ist menschlich,« bemerkte er, »aber mehr als seine Pflicht kann keiner tun. Wenn ich meine Pflicht tue, so kümmere ich mich den Teufel darum, ob einem Unrecht geschieht. Es muß alles im Leben seine Räson haben. Daß einer einmal unschuldig verurteilt wird, kann vorkommen, wenn der Schein gegen ihn ist; aber selten genug wird's passieren – und es kann auch ebensogut vorkommen, daß einer einmal unschuldig freigesprochen wird, womit ich übrigens nichts angedeutet haben will. Ist einer verurteilt, so ist er schuldig, und ist einer freigesprochen, so ist er nichtschuldig – der liebe Gott weiß es besser, dabei müssen wir uns beruhigen.«

Das wollte doch nur wenigen einleuchten. Sie meinten: er spricht wie ein Beamter, und man muß ihn reden lassen. Soviel wollte auch das Achselzucken des Schreibers bedeuten. Nun erhob sich in einiger Entfernung auf der Landstraße ein Geschrei von vielen Stimmen, das die Aufmerksamkeit der Kruggäste erregte. Sie tranken schleunigst ihr Bier aus und standen auf. Dort am Eingang des Dorfes hatten sich Weiber und Kinder postiert, die den Müller begrüßen wollten. Sie empfingen ihn mit lautem Hurra. Das leichte Wägelchen, auf dem er saß, näherte sich rasch dem Kruge. Der Kutscher hieb auf die beiden Pferde wie toll ein. Und nun gab Szamaitat das Zeichen, indem er auf die Bank stieg und seinen Filz schwenkte. »Unser Müller soll leben – vivat hoch!« Die ganze Gesellschaft stimmte ein und eilte auf der Landstraße dem Fuhrwerk nach, das nach der Mühle einbog. Nur der Gendarm blieb auf dem Podest stehen und beobachtete von dort das Treiben.

Endrik Kraupat war ein Mann über die Mitte der vierziger. Man hatte ihn noch vor wenigen Jahren allgemein für einen hübschen Mann gehalten. Jetzt erkannten ihn seine ältesten Freunde kaum wieder. Der schöne, braune Vollbart war abrasiert und das krause Haar ganz kurz geschoren. Er trug eine Mütze mit breitem Schirm, der die Augen verschüttete, und hatte sie offenbar tiefer als durchaus nötig auf die Stirn hinabgezogen. Als er an dem mit Menschen besetzten Podest vorübergesaust war, hatte er einen raschen Blick darüber hingeworfen, um die Gesellschaft zu mustern. Den Gruß schien er erst zu erwidern, als er den Gendarm bemerkte, der im Hintergründe stehengeblieben war. Als dann das Fuhrwerk vor der Mühle hielt, nahm er wieder erst von seinem Sitze aus schnelle Überschau, indem er nach dem Fenster und nach der Tür, darauf auch zurück auf die Landstraße blickte, auf der nun die Freunde anstürmten. Er sah verdrießlich ans und schien in Gedanken die Entfernungen abzumessen, ob es ihm gelingen könnte, durch einen eiligen Sprung ins Haus den Gratulanten auszuweichen. Aber er merkte schon, daß sie entschlossen waren, sich ihr Vergnügen nicht nehmen zu lassen, und fügte sich. Während er nun langsam vom Wagen stieg und sein geringes Gepäck herabnahm, öffnete sich die Haustür. Es erschien in derselben eine alte Frau in litauischer Tracht, den Kopf in ein schwarzes Tuch gehüllt, das über der Stirn, gestützt durch eine weiße Haube, ein Art Dach bildete; hinter ihr ein junges Mädchen, fast noch im Kindesalter, städtisch gekleidet. Kraupat hörte das Aufklappen des Drückers und schaute um. Er sah die beiden, schien aber noch jemand zu suchen. Erst als er sich überzeugt hatte, daß ihnen niemand folgte, nickte er grüßend und ging ihnen langsam entgegen. »Guten Tag, Mutter,« sagte er, kaum anders, als wenn er von einer kurzen Ausfahrt in die Nachbarschaft zurückgekehrt wäre, »guten Tag, Mare.« Er reichte beiden die Hand, um sie gleich wieder fortzuziehen. Er wollte den Dorfleuten, die schon in Scharen herandrängten, kein Schauspiel geben.

Seine Mutter verstand ihn, beherrschte sich und antwortete mit einem ebenso förmlichen: »Guten Tag, mein Sohn.« Das Mädchen wollte sich aber so nicht abfinden lassen, schlüpfte unter dem Arm der Alten vor, fiel ihm um den Hals und küßte ihn. »Kommst du endlich, Vater!« rief sie und fing an zu weinen. »Haben wir dich wieder? O Gott – o Gott!«

»Was ist da zu plärren«, sagte er mürrisch, bückte sich aber doch und erwiderte ihren Kuß. »Wo ist die Mutter?« fragte er leise.

»Drinnen.«

»Weshalb kommt sie nicht heraus?«

»Sie will nicht.«

»Ist sie krank?«

»Sie ist immer krank seit dem Mühlenbrande.«

Er zuckte mit den Augenwimpern und mit dem Munde. »Na ja – ich weiß ja.« Ei blickte wieder nach dem Fenster auf, aber es ließ sich niemand hinter den Scheiben bemerken.

»Mit deiner Frau wirst du einen schweren Stand haben,« flüsterte ihm die Alte zu, »das ist nicht anders.«

»Das ist nicht anders«, bestätigte er finster, schob Mare zurück und wandte sich den guten Freunden zu, die schon in Reih' und Glied hinter ihm standen, die Mützen schwenkten und ihm ein Willkommen zuriefen.

Kraupat richtete sich in den Schultern stramm auf wie ein Soldat, legte die Finger an den Mützenschirm und sagte mit festem Ton: »Guten Tag, allesamt. Ist heute Sonntag in Kraupatischken? Oder gibt's ein Fest? Ihr scheint schon tüchtig dem Glase zugesprochen zu haben.«

»Das haben wir,« antwortete der Ortsschulze, »und dir zu Ehren, Endrik, weil du doch –« Er hustete den Schluß hinweg.

»Ach so –« sagte Kraupat, als ob er jetzt erst merkte, um was es sich handelte. »Na – macht kein Aufhebens davon. Ich bin wieder da, und so ist's gut.«

»So ist's gut«, rief der bucklige Schreiber, seinen Filz auf den Kopf stülpend und die Hand des Müllers ergreifend. »So ist's gut, und so hat's von Rechts wegen sein müssen, und ein Hund, wer daran zweifelt, daß der Endrik Kraupat unschuldig ins Zuchthaus gekommen ist. Darauf haben wir eins getrunken, und darauf wollen wir noch eins trinken, und das soll uns die Polizei nicht verbieten. Der Müller soll leben, vivat hoch!«

Nun mußte er jedem die Hand schütteln und sich von den meisten auch umarmen und küssen lassen, sowenig ihm das augenscheinlich behagte. Sie versicherten ihn einmal über das andere, daß er für sie wieder gerade so ein Ehrenmann sei, wie er vor dem Brande gewesen, und daß sie niemand an seine Schuld recht hätten glauben wollen. »Das mag so sein oder nicht sein,« äußerte Kraupat sich darauf, »ich will's keinem groß übelnehmen, wenn er damals mit den Wölfen geheult hat. Aber jetzt ist die Geschichte wie von der Tafel weggewischt, und ich wollt' keinem raten, von morgen ab an sie zu erinnern - weder im guten noch im bösen. Es soll sein, als hätt' sie sich nie ereignet.« Dabei hob er drohend die Hand und ließ die Augen im Kreise herumrollen. Den buckligen Schreiber aber bedachte er noch ganz besonders durch einen scharfen Blick, der wie ein richtiger Schreckschuß wirkte, da das Männchen den Kopf noch tiefer zwischen die Schultern zog, als er ihm schon von Natur gewachsen war, und unwillkürlich nach der Hutkrempe griff, als müßte gegrüßt werden.

Während dieser Bewillkommnung hatte sich in einem stallartigen Anbau des Mühlenhäuschens leise eine aus Brettern zusammengeschlagene Tür geöffnet. Aus derselben war ein alter Mann getreten. Er trug einen kurzen litauischen Schafspelz ohne Bezug, vielfach geflickt und recht schmutzig. Die blauen Leinwandhosen in den wollenen Socken, an den Füßen Holzkorken. Ein dünner Kranz von langem weißen Haar hing ihm um den unbedeckten Kopf, den er vorbeugte, um besser hören zu können, was da zehn Schritte weiter vorging. Mit der einen Hand hielt er die Tür fest, die andere hatte er wie einen Schirm über die Augen gelegt, die gespannt auf die Gruppe vor dem Hause starrten. Der fast zahnlose Mund war geöffnet; das ganze runzelige Gesicht zeigte ein blödes Lächeln, und ein paarmal wiegte sich der Kopf hin und her, als sei noch an der Wirklichkeit des Geschehenen und Gehörten zu zweifeln. Der Schreiber bemerkte ihn und machte ihm eine Faust. »Was will der räudige Hund, der Ensikat?« Der Müller blickte rasch um. Man erwartete, daß er gegen den Alten losfahren würde, der ihn durch sein falsches Zeugnis ins Unglück gebracht. Einen Augenblick schien's auch so, denn die Stirn zog sich kraus, und die fahlen Wangen röteten sich wie abgezirkelt. Dann aber warf er das Kinn auf, wandte sich wieder zurück und murmelte: »Ein andermal.«

Die guten Nachbarn und Freunde bestürmten ihn, er möchte mit ihnen ins Wirtshaus kommen. Wer heute nüchtern zu Bett gehe, sei ein schlechter Kerl. Kraupat sah gar nicht so aus, als ob es ihm lustig zumute wäre. »Ich muß nun erst hinein«, sagte er halb abweisend. »Geht voran und wartet meinetwegen auf mich - ich will sehen, daß ich bald loskomme.«

Damit waren sie einverstanden. Johlend und jauchzend entfernten sie sich, nachdem sie ihm nochmals die Hand gedrückt oder ihn wenigstens auf die Schulter geschlagen hatten. Endrik ging ins Haus; seine Mutter und Mare folgten. Als die Tür sich geschlossen hatte, blieb er in dem engen Flur, von dem man geradeaus in den Küchenraum unter dem Schornstein sah, stehen. Er schien mühsam zu atmen, reckte den Hals und griff mit der Hand nach der Kehle. »Laufe zur Mutter, Mare,« sagte er, »und melde ihr, daß ich da bin.«

»Sie weiß es«, antwortete das Mädchen.

»Gleichwohl –«

Mare trat rechts in die Stube ein.

Endrik faßte seiner Mutter Hand und zog sie nach der Küche hin. Dort war zu dieser Zeit niemand. Auf der andern Seite gelangte man in den sehr kleinen hinteren Flur und von ihm aus in die Kammer, welche die alte Frau bewohnte, seit die große Mühle abgebrannt war. Man konnte, unter dem Schornstein am Herd stehend, jeden sofort bemerken, der da vorn oder hinten ins Haus trat. Hier umfaßte Endrik Kraupat seine Mutter mit beiden Armen, zog sie heftig an sich und drückte einen langen Kuß auf ihre Stirn. »Mutter –« flüsterte er und konnte nicht weiter.

»Mein Sohn, mein lieber Sohn! Du bist frei –«

»Frei –! Aber was hast du für mich getan, Mutter!«

»Was hab' ich für dich getan? Meine übrigen Kinder sind gestorben – nur du bist mir geblieben, Endrik. Sollt' ich ins Grab gehen mit diesem Kummer, meinen einzigen Sohn im Zuchthause zu wissen? Ich hab' dich damals aufs Gewissen gefragt, Endrik, ob du an dem Brande unschuldig bist, und du hast geantwortet: ›;Ja, Mutter!‹ Daran halt' ich in Ewigkeit fest.«

Sie nahm seine Hand, die schlaff herunterhing; sie war eiskalt und feucht. Die Finger schienen nichts halten zu können; sie griffen zu und lösten sich gleich wieder. »Mutter,« murmelte er, »es ist doch schrecklich –«

»Du bist unschuldig an dem Brande,« sagte sie, »das andere geht dich nicht an. Wie hättest du auch die alte Mühle anstecken sollen, in der dein Vater und Großvater gelebt hat – in der du geboren bist,

Endrik? Das glaub' ich keinem, außer dir selbst. Die Herren Richter wissen es nicht so, sonst hätten sie dich schon damals freigesprochen. Nimm dir's nicht zu Herzen, Endrik. An der schlechten Person ist nichts gelegen – die holt der Teufel so und so –«

»Du aber, Mutter –«

»Was weiter? Ich bin eine alte Frau, die nur den einen Sohn hat. Wenn ich selbst für dich unschuldig im Zuchthause hätt' sitzen können, ich wär' schon längst darin. Aber sie nehmen da nicht den einen für den andern. Es mußt' auf andere Art geholfen werden, daß Recht Recht bleibe. So wird's der liebe Gott auch ansehen. Ich bitte ihn jeden Sonntag in der Kirche darum und stecke jedesmal ein großes Geldstück in die Büchse, daß die Ältesten sich schon gewundert haben, wo das herkommt.«

»Wird die Ilsze schweigen?«

»Das tut sie für sich selbst.«

»Und sonst – weiß keiner davon? Keiner –?«

»Keiner, Endrik. Auch deine Frau nicht. Sie darf es nicht wissen, sonst kommt's bald aus. Sie ist wie im Kopfe verstört seit dem Brande – du hast sie ja noch so gesehen, bevor sie dich abführten. Gegen mich war sie anfangs gut, sowenig wir uns auch früher verstanden haben – du hättest die Deutsche nicht heiraten sollen, Endrik, die Salzburgerin – aber seit ich mich bemühe, dich aus dem Zuchthause herauszubringen, spricht sie kein Wort mehr mit mir und dreht sich ab, wenn sie mir einmal hier in der Küche begegnet. Ich hab' nicht aus ihr klug werden können. Denn man hat doch gemeint, daß sie dir gut gewesen sei, und es als ein rechtes Glück angesehen hat, deine Frau zu werden; aber nicht den kleinen Finger hat sie für dich rühren wollen, wie ich sie auch gemahnt habe. Das versteh' ein anderer.«

Kraupat schwieg und sah finster vor sich hin. Erst nach einer Weile fragte er: »Glaubt sie daran?«

»Woran?«

»An das mit der Ilsze.«

»Sie muß wohl. Aber sie hat nichts gesagt. Es ist auch nötig, daß sie daran glaubt. Das mußt du nun schon bei ihr auf dich nehmen,

Endrik. Bitte sie um Verzeihung. Wenn sie dir jemals von Herzen gut gewesen ist – und du bist ja doch der Vater ihrer Kinder.«

»Jawohl – jawohl –« sagte er und strich sich mit der Hand über die Augen. Und dann abbrechend, erkundigte er sich nach seinem Sohn, der in der Stadt in Pension war und das Gymnasium besuchte.

Nachdem er kurze Auskunft erhalten hatte, reichte er der alten Frau seufzend die Hand und begab sich wieder in den vorderen Flur.

Eine Minute lang stand er an der Zimmertür. Endlich öffnete er.

Frau Berta Kraupat saß auf einem alten Lehnstuhl, der ein wenig vom Fenster abgerückt war, so daß man sie von außen nicht bemerken konnte. Sie hatte auf einem Holzschemel neben sich eine Arbeit und ein Gesangbuch liegen, beschäftigte sich aber mit beiden nicht, sondern hatte den Kopf mit den dünnen, blonden Haaren hinten angelehnt und starrte zur Decke hinauf, während die Arme auf den Seitenlehnen auflagen und die langen, dünnen Finger unruhig an dem geschweiften Holz herumtasteten. Sie sah erschreckend bleich aus, kein Tropfen Blut schien in ihren Adern zu fließen. Die Stirnhaut über den Augenknochen war wie nach den tiefliegenden Schläfen gespannt, der Mund fest verbissen. Mare stand hinter ihr und hielt ein Kissen in der Hand, das sie ihr unter den Kopf schieben wollte, der jedoch nicht nachgab. Sie fuhr erschreckt zusammen, als die Tür knarrte, änderte aber ihre Haltung nicht. Nur atmete sie hastiger, und das Gesicht drückte das Angstgefühl aus, das ihre Brust beklemmen mochte.

Kraupat trat ein paar Schritte näher. Auch er war bleich wie die Wand. »Berta,« sagte er unsicher, »wie geht es dir?«

»Gut -ganz gut«, antwortete sie, ohne umzusehen, hastig und scharf.

»Da bin ich nun wieder zu Hause«, fuhr er fort.

»Von wo kommst du?« fragte sie wie geistesabwesend.

»Von wo – ? Du weißt es ja doch.«

»Ja, ja – aber laß es das Kind nicht hören.«

»Was ist denn dabei? Ich bin ja doch freigesprochen.«

Die Frau sing plötzlich zu schluchzen an. »O mein Gott, mein Gott«, jammerte sie.

Er ging zu ihr und legte etwas zaghaft die Hand auf ihre Schulter. »Wär's dir denn lieber, Berta, ich hätt' meine Zeit absitzen müssen?

Das eine Jahr freilich – das ist ein Unglück, wogegen man nichts kann. Wenn man hinterher freigesprochen ist, meine ich –«

Sie schluchzte weiter. »Freut es dich denn nicht, mich wiederzusehen, Berta? Laß das dumme Weinen und gib mir einen Kuß zum Willkommen. Es ist wieder alles – wie vorher.«

»Nie – nie!« rief sie leidenschaftlich, indem sie ihren Arm fortzog. »Wir sind so glücklich gewesen, Heinrich –«

»Und können wieder glücklich sein. Warum nicht? Ich bin freigesprochen – das Versicherungsgeld muß gezahlt werden, wir können die Mühle neu aufbauen oder –«

Sie schüttelte sich wie im Fieberfrost. »Nimm das Geld nicht«, sagte sie, wie von Angst getrieben.

»Das wäre närrisch«, meinte er. »Wie kannst du so etwas raten?«

Die Frau wendete sich ihm mit einer hastigen Bewegung zu, umfaßte seinen Hals und sah ihn mit den erhitzten Augen ängstlich bittend an. »Nimm das Geld nicht, Heinrich«, wiederholte sie. »Es ist ganz dein Verderben. Ich will dir alles verzeihen, Heinrich – aber – aber –«

»Hm – was das anbetrifft, das Verzeihen –« Er stockte und sah sich nach dem Kinde um. »Laß uns eine Weile allein, Mare – ich Hab mit der Mutter zu sprechen. Nachher ruf' ich dich wieder.«

Berta hielt sie am Rock fest. »Nein, bleibe –«

Das Mädchen war unschlüssig, was es tun sollte.

»Geh«, rief der Müller in streng befehlendem Tone. »Ich will's so. Bin ich nicht mehr Herr im Hause?« Die Zornader schwoll ihm. Aber er faßte sich rasch wieder, streichelte Mare das Haar und die Wange und sagte freundlich: »Geh – es ist nichts für dich.«

Nun gehorchte Mare. Die kranke Frau gab allen weiteren Widerstand auf.

»Berta,« begann er, als er sich mit ihr allein sah, »was du da von Verzeihen sprichst – das hat etwas für sich. Weshalb ich freigesprochen bin, das geht keinem andern etwas an, dich aber – na ja, ich kann mir wohl denken, daß es dir recht fatal zu hören gewesen ist, daß dein Mann – in der ganzen Zeit, solange wir verheiratet gewesen sind, hast du dich nicht zu beklagen gehabt - ja, das ist nun einmal geschehen, und ich gestehe mein Unrecht ein -«

»Heinrich,« schrie sie auf, »du gestehst -«

»Was kann ich anders tun? Ich sage, es ist einmal geschehen. Und daß es unrecht war, gestehe ich ein. Man ist manchmal wie vom Teufel besessen, und wenn so eine Person es darauf anlegt -«

»Es ist nicht wahr, Heinrich.«

»Sie hat's beschworen, Kind, da muß es wohl wahr sein.«

»Sie hat's beschworen -«

»Und am Ende bin ich doch schwer genug bestraft mit dem Jahr Zuchthaus, Berta. Wenn du wüßtest, was das zu bedeuten hat - ein fürchterlich langes Jahr -«

»Wofür bestraft - wofür?«

»Nimm an, für das Unrecht, das ich dir angetan habe, weil ich so leichtsinnig meine Pflicht vergaß -«

Sie schüttelte heftig den Kopf und biß die Lippe.

»Ist dir's noch nicht genug, Berta? Sei gut! Vergiß das! Ich bitte dich - verzeihe mir! Es soll nicht wieder vorkommen, daß ich mich so verirre. In meiner Art liegt's gar nicht, Und das eine Mal - geschehen ist's nun doch. Sollten wir deshalb zeitlebens in Unfrieden leben? Wenn ich mich auch vergessen habe - gut bin ich dir doch immer geblieben. Es ist mir wahrhaftig schwer zu Herzen gegangen, daß ich nicht loskommen konnte, ohne dich so zu kränken. Aber wenn nun doch nur die Frage war, ob ich als Brandstifter vor aller Welt dastehen und meine Familie um Hab und Gut bringen und zehn Jahre sitzen sollte, oder mein Unrecht gegen dich -«

»Du bist ein Elender,« fiel sie ein, »o - viel, viel mehr, als du's selbst zu fühlen scheinst. Geh! Wir können nicht wieder zueinander.«

Das Blut schoß ihm ins Gesicht. »Wir können nicht? Was? Wir können nicht? Wenn du das sagst, Berta, dann weiß ich, daß ich dir niemals... Wir können nicht wieder zusammen?«

»Es mag vor der Welt bleiben wie es ist«, antwortete sie hart. »Ich habe soviel schweigend getragen und will auch noch mehr schweigend tragen. Es wird ja doch bald mit mir zu Ende sein. Wir sind Mann und Frau, und die Leute mögen glauben, ich hätt's verzeihen können. Daß ich deshalb auf Scheidung antrage, fürchte nicht; davor bist du sicher. Aber es können zwei lange Zeit vor den Leuten als Eheleute gehen und sind doch im Herzen geschieden. So ist's mit uns. Ich kann dir nicht sagen, weshalb - wenn ich nur daran denke, faßt mich ein Grauen, daß ich fürchte, wahnsinnig zu werden. Und so ist's am besten, du glaubst - es sei der Ilsze wegen - und sagst es den Leuten, und sie glauben es auch. Das ist ja auch so glaublich. Welche anständige Frau leidet das? Und man kennt mich doch als eine anständige Frau - als die deutsche Frau. Und nun sage, wie du's willst gehalten wissen? Das Haus ist klein. Ich habe für mich nur dieses eine Zimmer und die Kammer zum Schlafen für mich und Marc. Die andere Gelegenheit braucht deine Mutter. Ich weiß nicht, ob sie dich aufnehmen will, und ob es dir bei ihr paßt. Aus deinem Hause vertreiben will ich dich nicht. Aber wenn du hier einziehst, muß ich gehen. Und wenn du dich so entscheidest, geh ich noch heute.«

Kraupat hatte ihr, vornübergebeugt, mit wechselnder Verwunderung zugehört. Die Augen starrten zu ihr hinüber. Er schien gar nicht zu fassen, was sie eigentlich meinte. Warum hätte sie ihm nicht glauben sollen? Und wenn sie ihm nicht glaubte, was war dann für ein Grund? - Er fühlte ein blitzartiges Zucken durch fein Gehirn. Sollte er in sie dringen, sich deutlicher zu erklären? Es war, als ob ihm einer unsichtbar den Mund zuhielte, daß er's nicht herausbrächte. Er übersah rasch seine Lage: ein freundlicher Ausgleich war nicht zu erwarten, wenigstens nicht in nächster Zeit. Es konnte ihm nicht helfen, noch weiter den Reumütigen zu spielen. Nur wie er sich als Mann behauptete, kam noch in Frage.

»So - so - so -« knurrte er, »so also steht die Sache. Du läufst wohl alle Sonntage in die Kirche, aber von christlicher Verzeihung willst du nichts wissen. Gut, gut. Es mag so sein. Wenn du in dein eigen Fleisch schneiden willst - nur zu. Das Weitere wird sich finden - so oder so. Aber höre! Solche Gesichter will ich mir nicht schneiden lassen, und kannst du mir kein gutes Wort geben, so leid' ich ein böses auch nicht. Ich bin hier in der Mühle der Herr und verlange, daß ich von allen Hausgenossen dafür angesehen werde. Auch von meiner Frau! Danach richte dich.«

Er wartete noch ein paar Sekunden, ob sie darauf etwas zu entgegnen hätte. Aber sie schwieg und drehte nicht einmal den Kopf nach ihm um, sondern nahm das Gesangbuch vom Tisch, schlug das Blatt auf, vor das ein Zeichen gelegt war, und las still das Lied. Auf seinem Gesicht zuckten die Muskeln; er biß die Zähne fest aufeinander, um äußerlich ruhig zu bleiben; seine Hand schien einen Gegenstand zu suchen, den er fassen und zerdrücken könnte, »Hast du mir nichts mehr zu sagen, Berta?« fragte er endlich. »Nimm das Geld nicht!« antwortete sie, ohne vom Buche aufzusehen.

»Daß ich ein Narr wäre!« rief er, riß die Tür auf und warf sie ärgerlich hinter sich zu. »Sie will es so«, sprach er halblaut vor sich hin, während er die Steinstufen vor dem Hause hinabstieg. »Gut – sie hat's zu verantworten, was daraus folgt.« Es verstand sich nun von selbst, daß er nach dem Wirtshaus ging.

Dort traf er alle die guten Freunde. Sie empfingen ihn mit einem Jubelgebrüll. Es waren viele darunter, mit denen der Müller sonst nicht getrunken hatte. Es war seine Gewohnheit gewesen, stets in das kleine Stübchen des Krügers hinter dem Laden zu treten, in das nur die vornehmsten Gäste eingelassen wurden. Jetzt war es ihm gleichgültig, wer neben ihm oder gegenüber saß. »Bier her!« rief er, indem er auf den Tisch schlug. »Ein Fäßchen aufgelegt! Und wer ein Glas steifen Grogs vorzieht, der sag's. Es geht alles auf des Müllers Kosten.«

Nun war er erst recht ihr Mann. Aus dem einen Fäßchen wurden drei; jeder trank mit auf des Müllers Wohl, der in den Krug kam. Kraupat mußte mit allen anstoßen. Der bucklige Schreiber hielt Reden, die anfangs mit Beifall aufgenommen – dann überbrüllt wurden. Als er auf den Tisch stieg und dabei einige Gläser umwarf und zertrat, wurde er heruntergeworfen, so daß er sich ein Loch in den Kopf schlug. Kraupat war so lange Zeit nüchtern gewesen, daß er schon nach dem dritten oder vierten Glase mit schwerer Zunge sprach und schwankte. Als der Schneider und Wirt Letzkies, der ihm immer zuwider war, im Rausch auf den unglücklichen Gedanken kam, die schöne Ilsze Balnus hochleben zu lassen, nahm er das übel und schlug ihm das Glas aus der Hand. Daraus entstand eine

Rauferei, die nur mühsam durch den Krüger geschlichtet werden konnte. Gegen elf Uhr nachts wurde der Lärm so groß, daß der Gendarm durchs Fenster Ruhe gebot. Kraupat fand es verdrießlich, daß der noch herumspionierte. Da ihm nun auch der Schulze ins Ohr sagte, es sei Zeit, machte er sich heimlich fort in der Hoffnung, sein Haus allenfalls noch allein zu finden. Draußen in der kühlen Luft aber ging ihm schon nach wenigen schwankenden Schritten ganz die Besinnung aus. Er stolperte über Steine, stieß gegen Bäume und schimpfte in den derbsten Ausdrücken auf das nichtsnutzige betrunkene Volk, das ihn nicht ruhig seines Weges gehen lassen wollte. Endlich gelangte er doch an das Mühlenhäuschen, kroch die Steinstufen hinauf und wollte die Tür öffnen. Sie war verschlossen, und es mochte ihm nun dunkel durch den Sinn gehen, daß ihm der Eintritt verboten sein sollte. Darüber entrüstete er sich in lauten Drohreden und fing an, mit Fäusten gegen die Tür zu schlagen. Dabei verlor er das Gleichgewicht, taumelte zur Seite und stürzte die drei Stufen hinab. Unten blieb er bewußtlos liegen.

Als er am andern Morgen ziemlich spät erwachte, sah er sich auf einem Strohlager in einem niedrigen und engen Gemach, dessen hintere schmale Wand mit Kleidern behängt war. Auf einem buntbemalten Holzkasten dicht am Ausgange auf der andern Seite saß der alte Ensikat, die Füße auf einem Schemel, und rauchte aus einer kurzen Pfeife, die ihm im Mundwinkel hing. Er schien hier auf des Herrn Erwachen zu warten. Kraupat richtete sich auf, blickte noch im halben Dusel um, erkannte den Alten und schrie ihn an: »Verfluchter Hund, was willst du von mir? Ich lass' mich nicht einsperren.«

»Du bist nicht eingesperrt, Herr«, antwortete Ensikat in litauischer Sprache. »In der Nacht hab' ich dich gehört an die Tür klopfen. Weil dir doch nicht geöffnet wurde, stand ich auf und ging hinaus. Da fand ich dich ganz betrunken an der Treppe liegen, erbarmte mich deiner und schleppte dich in meine Kammer hinein. Auf meinem Bett hast du ausgeschlafen, während ich an der Erde lag. Ein verfluchter Hund, denk' ich, war's nicht, der das für dich getan hat.«

»Und ein verfluchter Hund bist du doch«, rief Kraupat, die Faust gegen ihn ballend. »Du hast mich ins Unglück gebracht.«

»Das ist mir leid genug gewesen,« antwortete Ensikat, »war aber doch nicht zu ändern. Ich habe mich als Zeuge nicht gestellt, sondern du weißt wohl, daß sie mich vorgefordert haben, und da hab' ich denn auf meinen Eid die Wahrheit sagen müssen.«

»Die Wahrheit - die Wahrheit! Infam gelogen hast du, Schurke. Vorgestern ist's herausgekommen.«

»Nein, Müller, gelogen hab' ich nicht, damals nicht und auch nicht vorgestern.«

»Was? Du willst auch jetzt noch behaupten, daß ich die Mühle ange-« Er verschluckte sich und hustete eine Weile.

Der Alte blieb ganz ruhig. »Ich will behaupten, was ich immer behauptet habe. Denn das ist wahr.« »Du hast mich mit deinen blinden Augen gesehen?«

»Meine Augen sind nicht so blind.«

»In der dunklen Nacht?«

»Es war nicht so dunkel, und ich hatte vorher die Luke geöffnet, weil ich aufgestanden war, nach den Schützen zu sehen. Es war großes Wasser, und sie konnten von dem Gesellen nicht aufgezogen sein, als er fortfuhr.«

»So magst du einen Menschen gesehen haben, aber nicht mich. Es muß sich ja jemand eingeschlichen haben, der das Feuer angelegt hat.«

»Dich hab' ich gesehen, Müller, dich! Ich kenne dich an deinem Gang und an deiner Kleidung -«

»Pah!«

»Ich hab' aber auch dein Gesicht gesehen. Du kamst mir ganz nahe vorbei - mit der Hand zu fassen. Ich war hinter die Getreidesäcke getreten, als ich jemand kommen hörte, und du gingst mir gerade so vorüber, daß dein Gesicht sich gegen die offene Luke abzeichnete. Es ist gar kein Irrtum möglich.«

»Das alles hast du so zusammengelogen, damit es glaubhaft erscheint.«

»Ich hab's beschworen.«

»So hast du falsch geschworen.«

»Müller! Das sage nicht noch einmal. Gott wird dich strafen.«

»Ich sage, du hast falsch geschworen. Denn ich habe in jener Nacht gar nicht in der Mühle sein können. Das hat vorgestern auch das Gericht anerkannt.«

Der alte Mann seufzte. »Ich habe gehört, was die Ilsze Balnus ausgesagt und beeidet hat. Sie hat mir's auch auf Befehl des Herrn Präsidenten ins Gesicht wiederholt, und das hat sie dreist genug getan –«

»Du aber bist unsicher geworden.«

»Das weiß ich nicht. Ich habe kein Wort zurückgenommen. Ich habe nur gesagt, es kann ja sein, daß du mit der Person etwas zu tun gehabt hast, und daß sie in gutem Glauben meint, es sei in jener Nacht gewesen – ich sah ja doch, wie's geplant war, dich zu retten. Hätt' ich ihr's auf den Kopf gesagt, daß sie lügt, so wär's gegen mich losgegangen: ›;Seht den rachsüchtigen Menschen, er will des Müllers Verderben!‹ Aber Gott weiß, daß ich dein Verderben nicht gewollt habe. Meine Schuld ist's nicht, daß du dich selbst tiefer und tiefer hineinbringst.«

Kraupat sprang vom Lager auf und gab dem Alten einen Stoß, daß er vom Kasten herabflog. »Willst du die Ilsze Balnus in deinen Gedanken meineidig machen, du Schuft?«

Ensikat erhob sich stöhnend und hinkte nach der Tür zu. »In meinen Gedanken ist sie's,« sagte er, »denn ich weiß, was ich weiß, und du wirst es aus mir nicht herausschlagen. Die Ilsze ist von deiner Mutter bestochen, vor Gericht die Unwahrheit zu sagen und dich herauszulügen –«

Der Müller drang wieder auf ihn ein. »Schweige, Hund, oder ich schlage dir den Schädel ein –«

Der Alte hielt nicht einmal zur Abwehr seinen Arm vor. »Schlage zu, Müller, dann bin ich in Ewigkeit still. Aber Gott sieht und weiß alles, und den wirst du nicht hintergehen. Mir kannst du schon nichts Schwereres antun, als du mir angetan hast, da du mich als einen Lügner und Meineidigen vor Gericht hast überführen wollen. Das hat aber nur geschehen können durch einen Meineid. Das Gericht hat dem falschen Zeugen geglaubt, und du bist freigesprochen. Darüber freue dich, wenn du kannst. Von mir aber fordere nicht, daß ich dir ins Gesicht lüge. Schlage mich tot – du hast doch die Mühle angesteckt.«

Kraupat ließ die erhobene Hand sinken; er mochte fürchten, daß es dem Alten wirklich ans Leben gehen könnte. Er lachte auf. »Schrei's doch im Dorf herum; man weiß dann erst recht, was man von dir zu denken hat. Ich will mich an so einem nicht versündigen.« Leiser fuhr er fort: »Wenn du aber nicht ganz dumm und vernagelt bist, so nimm deinen Vorteil wahr und stelle dich mit mir auf guten Fuß. Sage den Leuten, daß du dich geirrt haben kannst.«

»Nein, Müller, ich will mit reinem Gewissen sterben.«

»Was ist's denn weiter? Du *kannst* dich doch geirrt haben.«

»Das kann ich nicht.«

»Und du wirst auch ferner bei deiner Beschuldigung bleiben?«

»Wenn man mich fragt, werde ich nach wie vor die Wahrheit sagen.«

»So ersticke daran, du Hund!« schrie der Müller, riß die Tür auf und stürmte fort.

Er war nicht wenig erbost gegen den »halsstarrigen alten Kerl«, kam jedoch bald zu der Einsicht, daß es am Ende das beste sei, ihn laufen zu lassen. Der Müller fand nach dem gestrigen Jubelempfange, daß seine Sache gut stehe. Mehr als einer hatte ihm versichert, daß er Ensikat für einen nur halb zurechnungsfähigen Menschen halte. Solchen Leuten träume manchmal etwas, das sie dann meinten, erlebt zu haben. Es war nicht anzunehmen, daß man jetzt noch auf ihn hören werde, wenn er denselben Unsinn beharrlich wiederholte. Verdrießlich blieb es allerdings, so einen immer hinter sich zu haben, der sich nicht den Mund stopfen ließ und jedem in die Ohren schrie: »Der Müller hat doch angesteckt.« Er war freigesprochen – jawohl! Der Staatsanwalt und das Gericht konnten ihm nichts mehr anhaben. Aber er hatte das ganz sichere Gefühl, daß das noch sehr wenig sei. Wenn er völlig wiederhergestellt sein sollte, so mußte auch jeder überzeugt sein, er sei unschuldig verurteilt worden; es durfte niemand den leisesten Zweifel wagen oder auch nur durch ein Gesicht andeuten. Und wer konnte wissen, wie bald er den einen und andern der lieben Nachbarn verletzen müßte. Gestern schon hatte sich mancher unverschämt zugedrängt, den er früher kaum über die Achsel angesehen. Ensikat konnte ihm noch recht unbequem werden. Er überlegte, ob er sich's nicht ein Stück Geld kosten lassen solle, ihn mundtot zu machen. Aber der eigensinnige Racker wird zuviel fordern – oder gar nicht zu bezahlen sein – oder jedes Angebot ausschlagen. Er ist allein auf der Welt, braucht nichts für sich, ist zufrieden, wenn er seine Pfeife schlechten Tabak hat. Was soll er mit dem Gelde? Ja, wenn seine Tochter noch lebte – das vergißt er mir nicht, und ist doch solange her. – Er beschloß abzuwarten, bis der Alte einmal öffentlich sagen werde, was er ihm unter vier Augen gesagt. Dann könnte er ihn wegen Injurien verklagen. – Das war doch nichts. Dann kommt die Sache krumm herum nochmals vors Gericht. Und zu nehmen ist dem Lump nichts – die Strafe sitzt er ab – was macht so einer sich aus ein paar Tagen Haft? Und hinterher –

Es ging ihm im Kopfe herum. Immer aber kam er wieder darauf zurück: am besten ganz still sein. Da begegnete ihm im Laufe des Vormittags der Gendarm Krause und rief ihn an:

»Herr Kraupat – auf ein Wörtchen.«

Was er ihm zu sagen hatte, gab seinen Gedanken plötzlich eine ganz andere Richtung. »Sie sind freigesprochen, Herr Kraupat,« sagte Krause zu ihm, »und also sind Sie an dem Brande nicht schuld. Es steht fest, daß Sie in der fraglichen Nacht gar nicht in der Mühle, sondern bei der Ilsze Balnus gewesen sind. Das hat die Person beschworen. Ein Irrtum in der Zeit ist gar nicht denkbar, denn sie spricht von der Nacht, in der die alte Kraupatischker Mühle abgebrannt ist. Nun hat aber vorher Ensikat beschworen, daß er Sie in dieser selbigen Nacht in dieser Mühle gesehen hat. Und auch bei ihm kann von einem Irrtum gar nicht die Rede sein. Hat die Ilsze Balnus die Wahrheit gesagt, so hat er gelogen; hat sie einen richtigen Eid geleistet, so hat er falsch geschworen, um Sie ins Unglück zu bringen. Und hat sein Meineid zuwege gebracht, daß nicht nur das Gericht einen Unschuldigen bestraft, sondern daß er auch ein Jahr unschuldig gesessen hat, so kann ihm das natürlich nicht so hingehen. Ich bin denn auch schon mit Recherchen beauftragt und frage deshalb zuerst bei Ihnen an, wie Sie sich dazu stellen, und ob Sie vielleicht noch einiges Material herbeizuschaffen vermögen. Wir werden dann mit aller Strenge vorgehen. Das sind wir Ihnen schuldig.«

Der Müller war über diese Fürsorge des Staates keineswegs erfreut. »Herr Wachtmeister,« antwortete er respektvoll, »mir war's schon am liebsten, wenn die ganze Sache jetzt ruhen möchte. Ensikat hat meinem Großvater und Vater gedient und ist jetzt ein alter Mann, in dessen Kopf es nicht mehr ganz richtig ist. Seine Tochter spukt da herum, die sich ersäuft hat, weil ich sie nicht heiraten wollte - oder nicht konnte, denn ich war damals ein sehr junger Mensch, mein Vater lebte auch noch, und der hätt's nicht zugelassen. Daß es seine Tochter war, hab' ich nicht gewußt, aber es mag sich wohl von damals her ein Groll in sein Herz gefressen haben, so daß er mir alles Böse zutraute. Und so bin ich ihm auch in jener Nacht vor die Augen gekommen. Er mag sich ja wirklich einbilden, mich gesehen zu haben.«

Der Gendarm wiegte bedenklich den Kopf. »Man hat doch bisher nicht gehört,« entgegnete er, »daß Ensikat verstört gewesen ist und nicht zu unterscheiden gewußt hat, was ihm träumte und was er wirklich erlebte. Ihre Nachsicht scheint mir nicht am Platze. Die Sache kann unmöglich so hängenbleiben, und Sie tun sich selbst den größten Schaden, wenn Sie nicht auf eine Untersuchung gegen den rachsüchtigen Menschen dringen. Ereilt ihn die gerechte Strafe, so wird das Unrecht gesühnt erscheinen, das Ihnen selbst geschehen ist. Geschieht ihm nichts, so könnte leicht mancher meinen, das müsse wohl einen Grund haben.«

Dabei sah er dem Müller so scharf in die Augen, daß der Mühe hatte, nicht mit den Wimpern zu zucken. Er verstand den Beamten. »Sie haben ja ganz recht, Herr Wachtmeister«, sagte er geschmeidig. »Mir selbst könnte nur lieb sein, wenn ein warnendes Exempel statuiert würde. Ich weiß nur nicht - es steht da Eid gegen Eid, die Geschworenen werden nicht anbeißen wollen.«

»Das kommt darauf an«, meinte der Gendarm, »die Geschworenen sind allemal unberechenbar. Übrigens kann ich nicht zweifeln, daß man in diesem Prozeß Sie selbst zum Eide zulassen wird.«

»Mich -?«

»Jawohl, weil Sie ja freigesprochen sind.«

Dem Müller trat der Schweiß auf die Stirn. »Jawohl. Ich meine nur, da ich doch gewissermaßen interessiert bin –«

»Man kann Ihnen ja doch glauben, daß Sie die Wahrheit sagen. Und es muß Ihnen gerade daran liegen, sie mit einem feierlichen Schwur zu bekräftigen.«

»Jedenfalls,« stimmte Kraupat zu, »daran liegt mir viel. Ich will es mir überlegen, Herr Wachtmeister, auch mit meiner Mutter sprechen. Ergibt sich gegen Ensikat noch etwas, so zeige ich's Ihnen morgen an. Verlassen Sie sich darauf. Wie steht's? Haben Sie schon gefrühstückt? Wir trinken ein Glas zusammen - was?«

Krause dankte; er müsse sogleich in seinen Bezirk reiten. Wenige Minuten später sah Kraupat ihn auch zu Pferde.

Er ging nicht zu seiner Mutter, sondern zu dem buckligen Schreiber, der ihm auch sonst Rat geben sollte, wie er nun am besten zu den Versicherungsgeldern käme. Szamaitat war ihm höchst widerwärtig, mußte aber in guter Laune erhalten werden. Ob er ihm nützen könnte, war zweifelhaft; daß er ihm schaden könnte, gewiß. Es waren in nächster Zeit allerhand Eingaben zu machen, zu denen Kenntnis der Formen gehörte. Dazu sollte der Schreiber seine Feder herleihen. Dafür ließ er sich dann so anständig belohnen, daß zugleich stillschweigend die Dienste vergolten werden konnten, die er schon geleistet. Vielleicht wußte er auch guten Rat, wie der Gendarm beschwichtigt werden könnte. Daß ein neuer Prozeß vermieden werden müßte, das wurde ihm immer klarer bewußt.

Szamaitat fühlte sich durch den Besuch des Müllers sehr geehrt. Eine solche Aufrichtung war ihm aber auch nötig, denn er war gestern oder vielmehr erst heute früh, von Arbeitern, die ihn im Graben liegend gefunden, aufgehoben und nach Hause getragen worden, wo seine Frau ihm keinen zärtlichen Empfang bereitet hatte. Die Nase war dick angelaufen, und aus den kleinen Augen konnte er kaum sehen. Kraupat erzählte ihm, was der Gendarm gesprochen und wollte dann seine eigene Meinung dagegensetzen. Der Diensteifer des Schreibers war aber so groß, daß jener eher das Gegenteil seiner Absicht erreichte. »So ist's richtig«, rief er, »ich sage, so ist's richtig. Man darf ihm das nicht hingehen lassen. Keine Schonung, keine Schwäche! Scharf vor, ganz scharf -«

»Aber es ist doch zu bedenken -« fiel der Müller ein.

»Nichts ist zu bedenken, Endrik, nichts ist zu bedenken. Ist schon alles bedacht - hier.« Er setzte den Finger gegen die Stirn. Dann schlug er ihm vertraulich auf die Schulter. »Verlaß dich auf mich, Endrik, die Sache wird in die besten Wege geleitet.« Er legte den Arm um seinen Hals und zog seinen Kopf dicht heran. »Ich will dir meine Meinung sagen, Endrik. Es braucht vorläufig noch kein anderer davon zu wissen. Ich habe meine Meinung, Endrik, und ein anderer kann seine Meinung haben, aber wer die richtige Meinung hat, das wird sich finden. Angesteckt ist die Mühle. An die Stellen, wo die Flammen aufgeschlagen sind, kommt von selbst kein Feuer hin. Ich sage, angesteckt ist sie. Aber wer hat die Mühle angesteckt? Du nicht, Endrik, das ist jetzt erwiesen. Darum muß es ein anderer gewesen sein.«

»Der Bettler wahrscheinlich -«

»Von dem Bettler rede mir gar nicht. Das ist ein kalkulatorischer Unsinn. Denn um sich zu verbrennen, wird er doch das Feuer nicht angelegt haben. Verbrannt ist er aber. Wie soll das durch einen Kasus geschehen sein? Wenn er sich eine Pfeife angesteckt und das brennende Hölzchen ins Stroh geworfen hat, muß das doch eher in Flammen gestanden haben, als die Pfeife ausgeraucht war. Oder wenn die Pfeife noch brannte, als er sich schlafen legte, und die glühende Asche hinausfiel und zündete - na, dazu gehörte schon ein gesunder Schlaf, sich völlig gar braten zu lassen, ohne aufzuwachen. Und es steht nicht einmal fest, daß der Mensch überhaupt eine Pfeife und Tabak und Reibhölzer bei sich gehabt hat.«

»Es kann doch sein -« »Es kann nicht sein, Endrik- ich sage, es kann nicht sein. Dagegen - weißt du, wer die Mühle angesteckt hat?«

Der Müller sah ihn mit gespannter Erwartung an. Seine Lippen waren blau.

»Für mich ist das so gewiß,« fuhr der Schreiber fort, die Augenbrauen hoch aufreckend, »als daß zweimal zwei vier ist. Der Ensikat hat die Mühle angesteckt.«

Kraupat rückte den Schemel, auf dem er saß, einen Schritt vom Tisch ab. »Ensikat - ?« rief er, »du bist nicht klug -«

»Hm - ich bin klüger, als manchem lieb ist. Der alte Ensikat hat angesteckt. Motiv: Rache. Daß er solange damit gewartet hat, irrt mich gar nicht. Es gibt solche boshafte Kreaturen, die ihre Galle einschlucken, bis nach ihrer Schätzung das Maß voll ist. Das kann viele Jahre dauern - wenn sie's nur noch erleben! Nun mag er wohl gemeint haben, es könnt' einmal plötzlich mit ihm zu Ende kommen, und noch rechtzeitig ans Werk gegangen sein. Das Weitere stimmt. Er sagt selbst, daß er mitten in der Nacht oben gewesen ist. Was hat er da oben zu suchen gehabt? Die Räder standen. Das Wasser war nicht so hoch, daß es Schaden tun konnte. Er hat angesteckt. Und um nun den Verdacht von sich abzulenken - er war ja der einzige von deinen Leuten, der in jener Nacht zu Hause war -, hat er dich fälschlich beschuldigt und natürlich auch seine Aussage mit dem Eide bekräftigt. Ist das klar?«

Kraupat war aufgesprungen und lief in der Stube umher, von Zeit zu Zeit seinen Kopf mit den Händen fassend. Er stieß grunzende Laute aus, prustete dazwischen wie einer, der Wasser geschluckt hat, tupfte dem Schreiber auf die Schulter und lief weiter. Er war feuerrot im Gesicht.

Szamaitat nickte befriedigt: »Na ja - das ist klar, das harmoniert.«

»Nein,« schrie der Müller gewaltsam heraus, »das glaub' ich nicht, das wäre -«

»Eine rechte Teufelei wär's, Freundchen, eine rechte Teufelei. Aber die ist ihm zuzutrauen. Wenn er nicht eine ganz boshafte, versteckte, hinterlistige Kanaille wäre, meinst du, daß er solange seine Tochter verleugnet haben würde? Damals schon wär' er dir auf den Pelz gefahren, als sie ins Wasser gegangen war. Ich sage dir, es harmoniert.«

»Aber das sind doch nur Vermutungen -« »Vermutungen? Das sind Indizien. Laß mich nur machen, Endrik. Ich will dir ein Schreiben aufsetzen, das dem Gendarm Krause gefallen soll. Was weiter geschieht, geht dich nichts an. Will der Staatsanwalt darauf nicht vorgehen, so will er nicht. Du hast aber deine Pflicht getan. Kein Mensch kann dir etwas nachsagen. Komme heute abend wieder zur

Unterschrift. Ich will noch einen Strich schlafen, um ganz frisch zu sein. Wegen der Versicherungsgelder wollen wir nachher beraten. Du sollst sehen, ich verschaffe sie dir. Was fehlt dir denn? Du schnappst ja nach Luft, als ob du den Strick um den Hals hast. Ja, ja! Gestern ging's ein bißchen scharf her. Ein paar Stunden Schlaf werden dir auch nichts schaden. Meine Alte - ha, ha, ha! Freue dich, daß du eine sanfte Frau hast. Nu - mein Buckel kann was aushalten.«

Der Müller betrachtete es als ganz vergeblich, ihn jetzt auf andere Gedanken zu bringen. Er nahm sich vor, abends, wenn Szamaitat ausgenüchtert sei, nochmals verständig mit ihm zu reden und den Brief jedenfalls nicht zu unterschreiben. Deshalb erhob er jetzt keine Einwendungen weiter, ging zu seiner Mutter, die von der Sache gar nicht mehr sprach und nur fragte, wann er mit dem Wiederaufbau der Mühle anzufangen gedenke, sah auch nach seiner Frau, in der Hoffnung, sie heute freundlicher gestimmt zu finden, und unterhielt sich eine Weile mit Mare auf der Bank vor der Haustür. Frau Berta besorgte das Mittagessen, rief Mare und sagte ihr, der Vater könne mitessen, wenn er wolle. Das bestellte sie ihm. Er setzte sich denn auch an den Tisch, es war aber eine traurige Mahlzeit. Im Zuchthause hatte ihm das Essen besser geschmeckt. Die Frau sprach außer dem Tischgebet kein Wort. Er stand bald wieder auf und ging nach dem Kruge, seine Schuld zu berichtigen. Dort fand er in dem Krüger einen guten Gesellschafter. Er nahm ihn wenigstens jetzt dafür.

Bald trieb ihn doch wieder die Unruhe fort. Er meinte seine Felder besichtigen zu müssen, die teilweise von der Mühle weit entfernt lagen, und beschloß gleich mit dem entferntesten anzufangen. So verließ er hinter dem Dorfe die Landstraße und folgte einem tiefen Graben, der wieder das Wasser von vielen Seitengräben aufnahm. Sie zogen sich bis zu einem langen, etwas höhergelegenen Plan hinauf und setzten sich dort meist in flachen Furchen fort, die mehr den Zweck haben mochten, abzugrenzen, als zu entwässern. Der Plan stellte die früher gemeinschaftliche Weide dar, wenig fruchtbares Land, sandig und steinig, mit Heidekraut und niedrigem Birkengesträuch bewachsen. Dort stand auch das alte Hirtenhäuschen, ein langes, niedriges Gebäude unter einem Strohdach, welches über dem früheren Stall nur noch das kahle Sparrenwerk zeigte, aber auch nach dem vorderen Giebel zu über und über mit Moos bewachsen war, aus welchem Büschel von Gras, blaue Glockenblumen und roter Mohn aufschossen. Kraupat sah es von weitem und erinnerte sich, daß die Ilsze Balnus dort wohne. Er ging eine Weile an der Grenze hin, drehte um und kehrte ihm den Rücken zu. Dann meinte er aber, nachsehen zu müssen, ob sein Wäldchen während seiner Abwesenheit bestohlen sei. Dorthin begab er sich also auf dem letzten Grenzrain.

Wenn auch noch so langsam durch das Wäldchen schreitend und rechts und links nach den Stubben ausspähend, mußte er sich wohl allmählich dem Hirtenhause nähern, das sich ihm zeitweise hinter dem jungen Birkenaufschlag versteckte. Plötzlich hatte er es auf zweihundert Schritte vor sich. An der hinteren Seite war vielfach die Lehmfüllung aus der Fachwerkswand gefallen und nicht einmal jedes so entstandene Loch mit Moos verstopft. Zwei Stangen stützten den Giebel über der niedrigen, zweiteiligen Tür. Ein alter Strauchzaun hegte ein Gärtchen ein, das einige Gemüsebeete enthielt. In der Ecke wuchs der Sonnenglanz hoch auf. Ein kleines Kartoffelfeld lag schon außerhalb.

Der Müller konnte von seinem Standpunkt aus den Platz vor der Haustür am Strauchzaun hin gut überschauen. Die obere Hälfte war offen und gegen die Wand gelehnt; auf die untere, geschlossene stützte sich die Bewohnerin des Häuschens, aus dem tiefen Dunkel des inneren Raumes den runden Kopf mit dem im Kranz aufgesteckten blonden Zopf und den kräftig gebauten Oberkörper weit vorbiegend. Sie hatte ein Ende Garn in den Händen, an das unten ein Lappen gebunden war, und machte daraus fünf jungen Kätzchen ein lustiges Spielzeug, indem sie den Anhang auswarf und ruckweise wieder an sich zog. Die zierlichen kleinen Tiere mit den Blitzaugen und Stumpfnäschen schössen hinterher, purzelten übereinander, probten die Krallen oder lauerten vorsichtig in einiger Entfernung, bis sich das Ungetüm wieder in Bewegung setzen würde. Das mußte sehr drollig anzusehen sein, denn Ilsze konnte nicht aufhören, das Neckspiel zu wiederholen, und unterbrach öfter ihren leise summenden Gesang durch ein lautes Lachen. Es wirkte ansteckend. Auch Kraupat, dem gar nicht lustig zumut war, mußte einfallen. Sie sah auf und erkannte ihn, ließ sich aber gar nicht in ihrem spaßigen Geschäft stören.

Nun schritt er auf das Haus zu bis an die Ecke des Strauchzauns, über den der goldgelbe Sonnenglanz nickte. Dort blieb er stehen, rückte ein wenig die Mütze und sagte: »Guten Tag, Ilsze - ich sah dich von weitem und wollte doch fragen, wie es dir geht.«

Sie blickte auf, indem sie den Kopf hob, und zeigte ihm eine Doppelreihe blendend weißer Zähne. »Das ist auch in der Ordnung,« antwortete sie lachend, »daß man seinen Schatz begrüßen kommt - ha, ha, ha! Du weißt ja doch.«

Kraupat hörte das mit sehr gemischten Gefühlen. Er meinte aber, auf den Scherz eingehen zu müssen und sagte nickend: »Na ja - ich weiß.«

Sie fuhr fort, den Kätzchen den Köder auszuwerfen und die frühere Melodie zu singen, für die sie aber die Worte wohl im Augenblick neu erfand:

»Mein Schatz wohnt in einem großen Schloß, Es hat viel hundert blitzende Fensterlein, Übereinander vier Reih'n. Türen und Fenster sind gut verwahrt. Keiner kommt hinaus und hinein. Ach, was hilft dir dein schönes Schloß! Ach, was hilft dir die Fensterschar! Kannst nicht hinaus, liebes Schätzelein, Wenn ich nicht spreche das Zauberwort, Wenn ich nicht spreche das Losungswort, Alle Riegel fliegen ihm auf sogleich: Mein holder Schatz muß bei mir sein.«

Er verstand sie. Es wurde ihm heiß. Sie sah hübsch aus, die schlechte Person, in ihrem weißen Hemde mit den weiten Ärmeln, blau gestickt auf den Achseln und auf den Gliedern um die Hände. Die kurze dunkelblaue Weste war über der vollen Brust nur durch wenige Haken geschlossen. Das ganze Gesicht lachte vergnügt über ihre Schalkheit. Er wollte sich nicht darauf einlassen. »Hast du nichts Besseres zu tun, als mit den Katzen zu spielen?« fragte er wie geärgert.

»Was soll ich sonst tun?« entgegnete sie. »Kann ich den Kartoffeln und Rüben wachsen helfen? Ich mag nicht arbeiten. Es ist langweilig und bringt doch nicht genug zum Leben ein. Den ganzen Tag spinnen oder weben - das ist nichts für mich. Warum soll ich mir den Rücken krumm werden lassen? In Dienst gehen will ich auch nicht - erst recht nicht. In der Freiheit ist's besser. Mit den kleinen

Katzen kann ich stundenlang spielen, und sie verlieren die Geduld auch nicht. Man kann sie immerfort zum Narren halten. Sieh nur!«

»Wo kommen sie her?«

»Es ist da vom Hirten her eine Katzenmutter im Hause geblieben. Du weißt ja, die Katzen hängen sich nicht an die Menschen. Man sagt, sie sind undankbar. Aber das ist dummes Zeug. Wofür sollen sie dankbar sein? Die Menschen halten sie doch nur, damit sie ihnen die Mäuse verjagen. Und wenn so eine arme Katzenmutter mehr Junge zur Welt bringt, als der Hausherr braucht, so ersäuft er sie unbarmherzig.«

»Du hast den ganzen Wurf leben lassen?«

»Ja, das sechste ist von selbst gestorben. Ich kann keinem Tier ans Leben. Nicht eine Fliege mag ich totschlagen. Und die kleinen Kätzchen sind so niedlich. Sie schaffen mir die beste Kurzweil. Das ist genug Dank dafür, daß ich sie nicht in den Sack gesteckt und ins Wasser geworfen habe.«

»Aber wovon lebst du denn?« fragte er.

Sie richtete sich auf, strich mit den Fingerspitzen, die sie auf der Zunge ein wenig feuchtete, die losen Haare des Scheitels zurecht und lachte ihn an. »Von Essen und Trinken. Ich leide keine Not. Deine Mutter gibt mir Brot und Speck, und aus dem Brunnen dort schöpf' ich meinen Wein. Deine Mutter hat mir auch Branntwein gegeben, aber ich mag ihn nicht. Ich bin lustig genug auch ohne ihn. Wer wenn ich Besuch habe –« Sie senkte die Augen. »Du sollst auch ein Gläschen bekommen, Müller, wenn du eintreten willst.«

Er schüttelte den Kopf. »Wer besucht dich hier draußen?«

Sie kicherte neckisch. »Ja, das darf ich nicht verraten. Hab' ich's einem verraten, daß du mich besucht hast, Müller? Bis es durchaus zu deinem Glück geschehen sollte nach deiner Mutter Willen.«

Er biß die Lippe. »Wenn sie alle sind wie ich, dann wirst du von deinen Gästen wenig Unterhaltung haben.«

»Aber sie sind nicht alle so. Die andern wollen, daß kein Mensch davon wissen soll, daß sie ins alte Hirtenhaus zum Besuch gehen. Es gefällt ihnen da. Glaube aber nicht, daß man nur so anzuklopfen braucht!«

»Hat dir meine Mutter auch Geld gegeben, Ilsze?«

»Nein, Geld nicht. Aber schöne Kleider, die sie selbst getragen hat als sie noch ein junges Mädchen war. Sie ist aus einer andern Gegend, wie sie mir gesagt hat; da trugen die Mädchen und Frauen sich in ihrer Jugend noch so hübsch. Nachher, als sie deinen Vater geheiratet hatte, hat sie sich mehr städtisch kleiden müssen, um hier nicht aufzufallen, und weil es sich auch so für die Müllerin schicken sollte. Nun hat sie mir alle die schönen Sachen geschenkt: feine Hemden mit künstlicher Stickerei - dies, was du da siehst, ist noch das gröbste - und bunte Röcke, zehn Ellen weit, mit grünrotweißen Bändern, wie man sie nirgends zu kaufen bekommt, und Westen von Seidenzeug und Jacken von Tuch und Zwickelstrümpfe mit den zierlichsten Mustern. Als sie mich zu sich rief, hat sie den Kasten aufgeschlossen und Stück für Stück vorgeholt. Das sollt' alles für mich sein, wenn ich dein Schatz war! Da hab' ich's zugesagt, Müller.«

Er griff in die Tasche, zog eine Handvoll Silbergeld heraus und trat nahe an die Tür, es ihr zu reichen. Sie wich aber zurück und sagte: »Behalt nur dein Geld, Müller. Dafür ist's nicht getan. Aber die Kleider haben mir in die Augen gestochen. Du sollst einmal sehen, wenn ich mich ausgeputzt habe! Morgen ist Sonntag - komm um diese Zeit wieder, dann sollst du deine Freude daran haben.«

»Nimm«, sagte er unfreundlich und hielt ihr das Geld hin. »Ich will meine Schuld berichtigen.«

Ilsze schob lachend seine Hand zurück. »Du möchtest dich loskaufen, aber das geht nicht an. Ich hab's vor allen Leuten gesagt, daß du mein Schatz bist, und du hast nicht widersprochen - daran halt' ich dich fest, wenn mir's darum zu tun ist. Sogar der liebe Gott hat's gehört; das läßt sich nicht zurücknehmen. Du gefällst mir auch ganz gut, Müller. Mußt nur nicht so finster ausschauen, als war' dir die ganze Welt verdrießlich. Du hast's ja doch so gewollt. Komm morgen, dann wollen wir tanzen.«

Sie sprang bis an die Tür vor, faßte ihn rasch um den Hals, gab ihm einen schallenden Kuß und lief fort ins Hans hinein. Er hörte noch eine Weile ihr helles Lachen.

Kraupat begab sich auf den Heimweg. Das Geld hielt er in der geschlossenen Hand. Nein, das geschieht nicht, dachte er, es ist nichts geschehen zwischen uns und soll nichts sein. Die Stelle auf der Backe, die ihr Mund berührt hatte, glühte wie höllisches Feuer. Er wischte sie zehnmal ab, aber die Hitze schlug immer wieder aus. Ein so hübscher roter Mund hatte ihn noch nicht geküßt. Und die munteren Augen! Daraus sprühte nur so die Lust. Bei der vergißt man alles! Aber es geschieht doch nicht – es geschieht nicht.

Er trat bei dem Schreiber ein. Die Eingabe war fertig. Szamaitat las sie vor, aber der Müller hörte nur flüchtig zu. Seine Gedanken waren bei Ilsze. Er sah sie immer vor sich, wie sie auf der Tür lehnte und die Kätzchen hinter dem Garn her springen ließ. »Ist's gut?« fragte der Schreiber. »Es ist gut«, antwortete er. Er nahm die Feder, die jener ihm hinhielt, und setzte seinen Namen unter die Schrift. Das Geld, das er noch in der Hand trug, hatte er auf den Tisch gelegt. Szamaitat strich es ein. »Danke, Endrik. Wir wollen's eins ins andere rechnen.«

Kraupat quartierte sich für die Nacht beim Krüger ein. Es sei ihm in dem kleinen Häuschen zu eng, sagte er; seine Frau habe in der Nacht Hustenanfälle, dabei könne er nicht schlafen. »Wir können ja trotzdem ganz freundlich miteinander stehen. Wenn ich die Mühle wieder aufbaue, sorg' ich für eine bequeme Wohnung. Ich will morgen nach der Stadt zum Baumeister, der soll mir einmal den Plan zu Papier bringen.«

Am andern Tage vormittags fuhr seine Mutter nach der Kirche. Es wäre auf dem Wagen auch Platz für ihre Schwiegertochter und Enkelin gewesen. Aber Frau Berta ging lieber zu Fuß. Sie setzte sich mit Mare auch auf eine andere Stelle.

Der Müller fühlte durchaus kein Bedürfnis nach Gottes Wort. Eine Stärkung hätte er wohl nötig gehabt, aber sie konnte nicht von dort kommen. Er war zerstreut und wollte seine Gedanken nicht auf den Punkt sammeln, bei dem der Pfarrer einsetzen konnte. Gleichwohl überlegte er, daß man den Kirchenbesuch an diesem ersten Sonntage von ihm erwarten werde. Er zwang sich und ging. Es war nicht angenehm, die vielen Augen auf sich gerichtet zu sehen. Natürlich erregte er die allgemeinste Aufmerksamkeit, da seine Freisprechung bekanntgeworden war, ebenso aber auch sein Handel mit Ilsze. Er sang eifrig mit. Während der Predigt hatte er nur immer Furcht, daß der Geistliche auf ihn anspielen werde, aber der Text gab dazu wohl keine rechte Veranlassung. Während des Gebetes kniete er, wie viele Litauer in seiner Nähe. Er atmete auf, als erst wieder die Orgel spielte und das Haus sich leerte. Auf dem Vorplatz wurde er von vielen angesprochen und beglückwünscht. Das war ihm lieb, weil es sich nun von selbst erklärte, daß er nicht neben seiner Frau und Tochter ging.

Gegen Abend sattelte er sich das Pferd, um nach der Stadt zu reiten. Die Landstraße durchschnitt den Weideplan. Die Trift mündete in dieselbe ein, das Hirtenhaus lag freilich in einiger Entfernung, doch sichtbar am Walde. Kraupat hatte sich vorgenommen, vorbeizureiten, und setzte auch wirklich seinen Gaul in raschere Gangart. Aber ob der sich nun an die Weide erinnern oder was ihm sonst in den Sinn kommen mochte, er bog nach der Trift ein und wollte sich auch durch kein Ziehen am Zügel und Einsetzen der Hacken auf die Landstraße zurückbringen lassen. Während Kraupat noch mit dem störrischen Tier beschäftigt war, bemerkte er, daß eine Gestalt an der Ecke des Hirtenhauses vortrat und mit der Hand winkte. Kein Zweifel, Ilsze kam ihm schon entgegen. Sie hier abzuwarten, konnte nicht seine Absicht sein. Die Landstraße wurde freilich am Sonntage wenig befahren und begangen, es war aber doch sehr möglich, daß der Zufall gerade zur unrechten Zeit jemand vorüberführte. Wenn man im Dorf erzählte, er habe sich hier mit Ilsze ein Stelldichein gegeben? Das mußte um jeden Preis vermieden werden. Er ließ also seinem Pferde den Zügel frei.

Ilsze näherte sich singend und im Tanzschritt. Er winkte ihr zu, dort zu bleiben, und lenkte hinter ein dichtes Birkengebüsch ab, das ihn gegen die Landstraße decken konnte. Ilsze tanzte jetzt im Kreise umher, indem sie sich in den Hüften wiegte und die Arme nicht ohne Anmut über dem Kopfe bewegte. Die fünf Kätzchen waren ihr nachgelaufen und schienen anzunehmen, daß der Tanz nur ihnen gelte. Auch die Katzenmutter hatte sich vorgewagt, hielt sich aber in der Ecke des Hauses und miaute erbärmlich. Als Kraupat herankam, sah er, daß Ilsze wirklich ihr Versprechen gehalten und sich mit den geschenkten Sachen ausgeputzt hatte. Ihr Feind hätte ihr's lassen müssen, daß sie sehr gut darin aussah. Sie knixte und warf ihm Kußhände zu. »Was sagst du?« rief sie. »Hat deine Mutter sich meiner zu schämen? Sie ist gewiß einmal ein hübsches Mädchen gewesen, aber besser kann der Anzug sie auch nicht gekleidet haben. Was sagst du?« Sie nahm ihm den Zügel aus der Hand, warf ihn über den Kopf des Pferdes und zog dasselbe nach sich, während sie immer mit hellem Gesang voraustanzte.

»Du bist eine Hexe«, sagte er. »Bei Mondschein könnte man sich vor dir grauen.«

»Aber noch ist die Sonne nicht unter«, antwortete sie und fügte ihrem Liede sogleich den Vers ein:

»Lange dauert's, lange,
Bis untergeht die Sonne,
Bis mein Schatz kommt.
Viel zu früh, viel zu früh
Wird sie wieder aufgehn,
Wenn er scheidet.«

»Laß den Zaum los!« befahl er.

»Weshalb?«

»Weil ich nun von deinen Torheiten genug habe.«

»Sage mir erst, wie ich dir gefalle.«

»Zum Teufel, gar zu gut.«

»Schickst du mich zum Teufel, so mußt du mitkommen.«

»Ich will nicht.«

»Es hilft dir nichts, Endrik.«

»Ich will nicht«, wiederholte er heftig, sprang ab und suchte den Zügel zu haschen.

Aber Ilsze war geschwinder. Sie warf den Riemen über den Pferdehals, griff in die Kammhaare und schwang sich behend auf der andern Seite auf. Sie ritt wie ein Junge, und es genierte sie gar nicht, daß die Röcke hoch über die Waden aufgezogen wurden. Mit juchzenden Lauten feuerte sie den Gaul an, bis er im schnellsten Lauf mit ihr über die Heide jagte, in großen Sprüngen über die Steine und Heidekrautkampen hinweg. Sie ritt dreimal um das Haus und sprang dann am Giebel vor der Tür ab. Nun mußte er wohl folgen.

»Du reitest wild«, bemerkte er.

»Wild oder gar nicht,« antwortete sie, »im Schritt mag ich nicht einmal gern gehen.«

»Wo hast du's gelernt?«

»Ah! – Bei meinem Vater und Bruder an der Grenze. Ich bin oft mit den Schmugglern geritten. Mein Vater ist von den Russen erschossen, meinem Bruder haben sie eine Kugel ins Bein gegeben, daß er lahmt.«

»Ist er noch Wirt?«

»Nein – er hat seinen Hof vertrunken.«

Sie schnallte den Kehlriemen auf und zog dem Gaul das Zaumzeug über die Ohren. »Es ist Sonntag. Laß ihn ein Weilchen grasen.«

»Ich muß nach der Stadt.«

»Ach! Es hat Zeit.«

»Hexe!«

»Wollen wir tanzen? Im Scheunenraum ist die Tenne noch ziemlich glatt.«

Sie faßte seine Hand und zog ihn lachend ins Haus. Die Tür wurde von innen zugeklinkt.

Der Gaul graste vergnüglich bis in die Nacht hinein. Erst als der Morgen heraufdämmerte, ritt Endrik Kraupat auf der Landstraße weiter. Er hatte den Rockkragen aufgeschlagen und den Schirm der Mütze herabgezogen. Mit krummem Rücken saß er im Sattel, beide Hände auf den Knopf gestützt. Das Pferd mochte gehen, wie es wollte.

Er blieb ein paar Tage in der Stadt. Bei der Agentur sagte man ihm, es müsse erst an die Generalagentur berichtet werden. Er wollte die Antwort abwarten: dann dauerte es ihm doch zu lange. Er kehrte nach Kraupatischken zurück, ließ sich von Szamaitat noch ein Schreiben an die Direktion der Gesellschaft aufsetzen, in dem er sie für jede Verzögerung des Baues verantwortlich machte, ritt wieder fort, um es selbst dem Agenten abzugeben, konnte am Hirtenhause nicht vorüber und kämpfte diesmal sehr schnell alle Gewissensbedenken nieder. Seine Frau hatte ihn wieder, noch dazu in Gegenwart seiner Mutter, verächtlich behandelt. »Sie soll wenigstens Grund zu ihrer Feindschaft haben, wenn sie's durchaus so will«, so redete er sich zu.

Als er drei Tage später wieder ins Dorf zurückkam, sah er vor der Mühle ein Fuhrwerk stehen. Ein Knecht saß auf dem vorderen Sitz und hielt die Leine in der Hand. An der Ecke des Hauses hatten sich viele Leute aufgestellt, die neugierig nach dem kleinen Anbau ausschauten, dessen Tür offen stand. Kraupat glaubte innen den grünen Rock des Gendarmen zu bemerken, auch dessen Säbel klappern zu hören. Nun erkannte er auch seine Stimme: »Spute dich. Es hilft nichts, du mußt mit.« Gleich darauf wurde der alte Ensikat sichtbar. Krause hatte ihm die Hand auf die Schulter gelegt und schob ihn vor sich her, die Tür hinaus, dem Fuhrwerk zu. »Ich kann allein gehen, Herr Gendarm,« sagte der Alte, »und ich fürchte mich vor dem Gericht nicht. Was will man von mir?«

»Ich habe dir den Haftbefehl vorgelesen«, entgegnete der Gendarm.

»Aber es ist alles gelogen. Ich soll das Feuer angelegt haben – ich soll einen falschen Eid geleistet haben –?«

»Es wird sich finden. Mache keinen Lärm!«

Das Fenster wurde aufgerissen. Frau Berta Kraupat lehnte sich hinaus und streckte mit einer hastigen Bewegung die Hand vor, als ob sie den Gendarm zurückhalten wollte; die Augen waren weit geöffnet und stier, der Mund verzogen, wie wenn eine furchtbare Angst sie peinigte. »Was tun Sie, Herr Krause?« rief sie hinab. »Er ist unschuldig.«

Ensikat blickte zu ihr auf. »Unschuldig?«

»Unschuldig, so wahr Gott lebt!«

Der Gendarm blieb bei seinem »Es wird sich ja finden«. Um aber der Müllerin eine Höflichkeit zu erweisen, setzte er hinzu: »Ich habe meine Order und führe sie pünktlich aus; das Weitere geht mich nichts an.«

»Aber es ist nichtswürdig,« schrie sie mit aller Kraft ihrer Lunge, »einen unschuldigen Menschen ins Gefängnis zu schleppen! Ist denn keine Gerechtigkeit mehr auf Erden? Ist denn die Justiz stockblind? Laßt es nicht zu, ihr Leute - er ist unschuldig!«

Der Gendarm drohte zum Fenster hinauf. »Macht das Volk nicht aufrührerisch, Frau, sonst könnt's Euch selbst schlecht bekommen. Was lärmt Ihr soviel um den? Ob er schuldig oder unschuldig ist, weiß noch kein Mensch; das Gericht wird sprechen. Ihr solltet aber nicht vergessen, daß Euer eigener Mann unschuldig eine schwere Strafe verbüßt hat. Es geschieht denen, die ihn dazu gebracht haben, ganz recht, wenn sie ins Gebet genommen werden.«

Er sagte das offenbar zugleich zur Beruhigung der umstehenden Leute. Die Frau aber schlug die Hände über dem Kopf zusammen und lamentierte: »Gott, mein Gott, verlaß den armen Menschen nicht! Was legst du mir auf! Mein Mund ist geschlossen! Hilf, Gott!«

»Sie ist verrückt geworden«, murmelte man unter den Zuschauern. »Daß der Mann ihr untreu geworden ist, hat sie um den Verstand gebracht. Ganz gesund war sie schon immer nicht.«

Indessen stieg Ensikat mit Hilfe des Beamten auf den Wagen. Von dort fiel sein Blick auf den Müller, der an den nächsten Baum gelehnt stand, als ob er sich stützen müsse. »Das hast du mir eingebrockt,« krächzte er mit heiserer Stimme, »du - du! Aber ich sage, du lügst - du hast meineidige Zeugen gehabt - du -«

Jetzt erkannte auch die Müllerin ihren Mann. »Heinrich,« rief sie ihm in furchtbarer Seelenangst zu, »laß es nicht geschehen - nur das nicht! Bezeug' es ihm, daß er unschuldig ist! Wenn du Gott fürchtest, bezeuge es ihm! Herr Krause, hören Sie meinen Mann!«

Der Gendarm war zu Ensikat eingestiegen und drückte den Alten auf den Strohsitz nieder, da er die Hand aufhob und fortwährend schrie: »Ich schwöre es, daß ich die reine Wahrheit gesagt habe - ich schwöre es -«

»Fahr' zu, Jurgis!«

Das Fuhrwerk setzte sich in Bewegung. Man hörte bald nur noch die Peitsche knallen.

Kraupat stand noch immer am Baum. Er war kreidebleich. Ihm schlotterten die Knie. Man meinte, es geschehe aus Ärger über seine Frau, und redete ihm zu, hineinzugehen, um sie zu beruhigen, damit sie nicht noch größeren Skandal mache. »Ja, die Weiber! Bei dem Punkt verstehen sie keinen Spaß.«

Er suchte sich zu fassen, dankte grinsend und schritt auf das Häuschen zu. »So geht's nicht weiter«, murmelte er in sich hinein. Auf der Platte über den Stufen stand seine Mutter, die hinausgetreten war, um die Abführung Ensikats mit anzusehen. »Da haben sie nun den richtigen Brandstifter«, sagte sie. »Es kommt alles einmal zutage.«

Er faßte ihren Arm und zog sie hinein. »Komm mit, Mutter,« rief er ihr zu, »du sollst dabei sein, wenn ich ein ernstes Wort mit ihr rede.«

»Mit deiner Frau?«

»Ja.«

»Laß mich. Sie leidet mich nicht bei sich, die Hochmütige.« »Sie soll dich wohl leiden, wenn ich dich einführe.«

Er stieß die Stubentür auf und platzte hinein. Mare war nicht zu Hause. Das gab ihm noch mehr Mut. »Bist du denn ganz unsinnig geworden, Weib,« schrie er, »daß du so verrückte Geschichten machst? Was soll man davon denken? Ich habe dich hier wohnen lassen. Wenn du's aber so treibst, daß ich mich deiner schämen muß –«

Berta sah ihn mit einem Blick von oben an, der ihn verstummen machte. »Du dich meiner schämen – ?«

»Ich sage – wenn du's so treibst –« stotterte er, »zwingst du mich, dir die Fenster zu vernageln oder die Tür zu zeigen – zwingst du mich.«

Er ging indessen nach dem Fenster und schloß dasselbe. Die Müllerin schien gar nicht weiter auf ihn zu achten, sondern wandte sich der alten Frau zu und fragte scharf: »Was willst du? Hab' ich dir nicht verboten, mein Zimmer zu betreten?«

»Du hast hier nichts zu verbieten«, schrie Kraupat sie an. »Meine Mutter kann eintreten, wo sie will, und wenn ich sie mitbringe, soll niemand sie hinausweisen - auch meine Frau nicht.«

»So werde ich gehen«, antwortete sie und machte ein paar Schritte nach der Tür.

Er vertrat ihr den Weg. »Du bleibst. Ich habe mit dir zu reden und meine Mutter soll Zeugin sein.«

Frau Berta hob drohend den Finger: »Daß dich's nur nicht gereut!«

»Was soll mich gereuen? Es geht so nicht weiter. Wir müssen ein Ende machen.«

»Was heißt das?«

»Das heißt, wir müssen uns scheiden lassen.«

»Klage doch gegen mich.«

»Ich? Weshalb soll ich klagen? Ich habe keinen richtigen Grund.«

»Was willst du also?«

»Du aber -«

»Das geht dich nichts an.«

»Das geht mich viel an. Ich kann so nicht mit dir leben. Du mußt klagen.«

»Ich muß?«

»Du hast guten Grund.«

»Aber ich hab' dir's schon einmal gesagt: ich will mir die Schande vor Gericht nicht machen. Wir sind geschieden.«

»Und ich soll mit der Ilsze gehen? Das macht dir noch mehr Schande, wenn du nicht klagst.«

»Mir -?«

»Leg's nicht so auf die Wage. Ich bin nun einmal in ihrer Macht.«

»Weshalb bist du's? Soll ich das wirklich in deiner Mutter Gegenwart sagen? Weil's nicht wahr ist, was sie vor Gericht ausgesagt hat.«

»Berta –!«

»Weil sie einen falschen Eid geleistet hat.«

Die alte Kraupatene warf ihr einen giftigen Blick zu. »Das ist unverschämt.«

»Schweige du«, rief die Müllerin, »auf deine Anstiftung ist's geschehen.«

Die Alte wurde ganz blau im Gesicht. »So – so –« zischelte sie, »weißt du das, mein Schäfchen, weißt du das?«

Kraupat sah nicht von der Erde auf, knurrte aber ärgerlich:

»Du wagst, meine Mutter zu beschuldigen?«

»Du willst ja, daß sie Zeugin zwischen uns sein soll«, antwortete die Müllerin verbissen. »Mag sie's denn wissen, weshalb ich sie verachte.«

»Höre, mein Täubchen,« höhnte die Kraupatene, dicht an sie herantretend, »wenn du recht hättest, wie stünd's dann? Endrik ist unschuldig ins Zuchthaus gebracht. Seine eigene Frau hat nicht den kleinen Finger gerührt, ich aber, seine Mutter, hab' ihn befreit! Wenn du recht hättest, mein Täubchen –«

Die Müllerin atmete aus schwerer Brust, keuchend und gegen einen Hustenanfall kämpfend. »So wisse denn,« sagte sie, »was ich solange verschwiegen habe, was ich gemeint hatte, in mein Grab mitnehmen zu können: er hat doch die Mühle angesteckt.«

»Wer?«

»Dieser hier.«

»Du lügst.«

»Mag er selbst mir's ins Gesicht sagen, daß ich lüge, wenn er kann.« Sie wandte sich gegen ihn. »Es ist nicht wahr, daß du in jener Nacht außer dem Hause gewesen bist. Du meintest, ich schliefe, aber ich schlief nicht. Ich habe dich aufstehen und die kleine Laterne anstecken gesehen. Und dann hast du aus einem Versteck hinter dem Ofen Lappen und Werg genommen, aus der Kanne Petroleum daraufgegossen, vom Kaminsims die Zündhölzchen in die Tasche gesteckt, die Schuhe ausgezogen und die Laterne wieder ausgelöscht. Darauf hab' ich dich hinausgehen gehört. Ich wunderte mich, aber ich dachte, es sei etwas an den Werken zu tun. Nach einer Viertelstunde bist du wiedergekommen und hast dich zu Bett gelegt. Aber es litt dich nicht lange. Du bist wieder aufgestanden, hast dich fertig angezogen und bist fortgegangen. Nun schlief ich ein. Ich kann nicht lange geschlafen haben - der Feuerlärm weckte mich. Nun sage - daß ich lüge - nun klage mich der Herzlosigkeit an, daß ich dich nicht aus dem Zuchthaus befreit habe, wie deine Mutter - nun verlange, daß ich mich dieses Ehebruchs wegen scheiden lasse - nun wirf mir vor, daß ich in Ängsten aufschreie, wenn ein Unschuldiger ins Gefängnis geschleppt und vielleicht verurteilt wird. Heinrich, Heinrich! Deine Sünde nährt sich von ihrem eigenen Fleisch und wächst höher und höher jeden Tag. Sie wächst dir riesenhoch über den Kopf.«

In diesem Augenblick stieß Erdme Kraupat einen gellenden Schrei aus. Sie hatte nur auf ihren Sohn gesehen, und erwartete, daß er seiner Frau ins Gesicht sagen werde, sie habe geträumt. Aber ihre Worte bewältigten ihn so vollkommen, daß er keinen Laut vorbrachte, sondern nur mit entsetzten Augen zu ihr hinstarrte, kreidebleich wurde und am ganzen Leibe zu zittern anfing. Es schien, als ob er die Hand aufheben wollte, aber den Arm wieder sinken lassen müßte. Er schob schwerfällig den Fuß vor, um sich besser zu stützen, sein Oberkörper kam ins Schwanken - und jetzt knickten seine Knie ein, er fiel hintenüber und lag ohnmächtig auf der Diele, die Arme, mit denen er im Fall ausgreifen wollte, weit fortgestreckt.

Die alte Frau brach neben ihm zusammen. Sie hob seinen Kopf auf ihren Arm und schrie ihm ins Ohr: »Es ist nicht wahr - es kann nicht wahr sein - um Gottes Barmherzigkeit willen, es kann nicht wahr sein.« Diese Reden setzte sie fort, als er wieder zu sich kam. »Sage ihr, daß es nicht wahr ist - daß sie geträumt hat. Wenn du schuldig bist, Endrik, bin ich verdammt. Sage ihr -«

Er deckte die Hand über die Augen und schwieg.

»Es ist wahr,« schrie sie auf, »Gottes Barmherzigkeit, es ist wahr!« Jammernd und die Hände ringend verließ sie das Zimmer. Es herrschte nun in demselben einige Minuten lang tiefes Schweigen. Dann sagte Frau Berta: »Du weißt jetzt alles, Heinrich. Wie kann ich noch zu dir? Aber um deiner Kinder willen, geh in dich! Sorge dafür, daß der alte Ensikat, der deinem Vater und Großvater treu gedient hat, sogleich loskommt - nimm das Sündengeld von der Versicherungsgesellschaft nicht an, hilf dir durch Arbeit und Sparsamkeit wieder auf - das Geld hat dich zu der schlechten Tat verlockt; weil du beim Verkauf der alten Mühle zum Abbruch soviel nicht herausbekommen konntest, hast du sie angesteckt - jetzt gehört dir noch der Platz und das Land; damit kannst du dir aufhelfen - ich bitte dich, nimm das Sündengeld nicht, es bringt dich vollends ins Verderben -«

»Zu spät - zu spät,« ächzte er, »ich bin so weit und muß weiter - von der Ilsze, die für mich einen Meineid geleistet, komm' ich nicht mehr los.«

Mit schweren Schritten schleppte er sich zur Tür hinaus. Er verließ das Haus mit dem furchtbar drückenden Gefühl, jetzt für immer ausgeschlossen zu sein. Auch seine Mutter hatte er verloren, und mehr noch: er hatte ihr Gewissen unheilbar belastet, den Rest ihrer Lebensfreude getötet.

Von diesem Tage ab war Kraupat selten noch ganz nüchtern. Er behielt das Zimmer im Kruge bei, war aber selten dort anzutreffen. Meist trieb er sich auf der Landstraße zwischen Kraupatischken und der Stadt reitend oder fahrend umher. Die Nächte brachte er im Hirtenhause zu. Er hatte versucht, sich von Ilsze loszureißen; es war ihm nicht gelungen. »Was denkst du?« hatte sie ihm gesagt. »Ich habe beschworen, daß du mein Schatz bist, und das muß Wahrheit sein. Damals war mein Eid falsch, und Gott wird mich schwer bestrafen, weil ich ihn zum Zeugen angerufen habe - dem entgeh' ich nicht. Aber dafür will ich hier auf Erden meinen Entgelt haben. Viel werde ich für dich leiden müssen, Endrik, aber dafür sollst du mir jetzt Gutes tun. Glaube auch nicht, daß ich für einen andern so willig falsch geschworen hätte. Ich hatte lange ein Auge auf dich. So gut zu Pferde saß keiner als du, und so stramm hielt sich keiner beim Gehen, auch der Gendarm nicht, und so stolz blickte keiner um sich. Der wär' ein Mann für dich, dacht' ich oft, für den könntest du wohl eine Sünde auf dich nehmen. Und das hab' ich dann auch leichten Herzens getan. Aber Sünde bleibt doch Sünde, und wer sie begangen hat, geht nicht frei aus. Mag sein! Nur ihre Frucht will ich mir nicht vom Munde wegnehmen lassen. Und sie soll süß sein – Bitterkeit kommt genug hintennach.«

»Sünde bleibt Sünde,« hatte er nachgesprochen, »aber wer nicht dumm ist, bringt die Frucht ein. Um nichts und wieder nichts verdammt zu sein – das ist Albernheit.«

Er dachte dabei an die Versicherungsgelder und betrieb nun um so eifriger deren Einziehung. Er nahm den buckligen Schreiber auf seinem Wagen mit nach der Stadt, da wegen einer Hypothek Schwierigkeiten gemacht wurden. Endlich einigte man sich dahin, daß der Betrag derselben vorläufig zurückzubehalten und zu hinterlegen wäre. Die freie Restsumme wurde an Kraupat ausgezahlt. An diesem Tage trank er mit seinem treuen Helfer Champagner. »Das ist nur der Anfang, Brüderchen«, renommierte Szamaitat. »Soviel kommt dir von Rechts wegen für die Mühle zu. Aber dein Arbeitsverlust – die Verschlechterung der Geschäftsstelle durch Abgang vieler Kunden – und was du im Zuchthause ausgehalten hast! Das muß alles ersetzt werden, vom Staat ersetzt werden. Ich will der Regierung da schon ein Licht aufstecken! Wir gehen durch alle Instanzen. Wir wenden uns, wenn das nichts hilft, an das Abgeordnetenhaus und an das Herrenhaus. Was? Soll ein Staatsbürger der Gesetze wegen unschuldig leiden? Wir machen die Geheimen Räte, die oben am Staatssäckel sitzen, mürbe, bis sie tief hineingreifen. Laß mich nur schreiben!«

Der Müller goß sein Glas herunter und antwortete nichts. Aber er legte ihm einen Hundertmarkschein hin und nickte ihm zu.

»Schön Dank, Brüderchen«, sagte Szamaitat. »Wir rechnen zuletzt ordentlich ab.«

Kraupat überließ an der Stelle, wo die Trift auf die Landstraße mündete, dem Schreiber das Fuhrwerk und ging nach dem Hirtenhause. Sein Schritt war schwankend, aber er hielt sich auf den Beinen. Trotz der Dunkelheit fand er ohne Mühe den Weg. Aus dem kleinen Fenster der abgewandten Giebelseite leuchtete ihm, als er um die Ecke gebogen war, ein matter Lichtschein entgegen. Er trat heran, lehnte die Stirn an die Scheibe und sah hinein. Auf einem niedrigen Schemel saß Ilsze vor dem Kasten, der sonst als Bank diente. In einem Flaschenhälse steckte ein Stümpfchen Licht. Sie hatte alte, schmutzige Karten in der Hand und legte damit eine

Figur. Die Tür war unverschlossen. Er trat polternd ein und schreckte sie auf. »Was tust du da?« fragte er.

»Ich lege mir nur die Karten«, antwortete sie. »Verstehst du das?«

»Jawohl.«

»Liegen die Karten gut?«

»Sehr gut. Wir sind schon dicht beieinander.«

»Es ist dummes Zeug.«

»Wer weiß?« Sie hob eine Karte ab und legte sie in eine Lücke der Figur. »Das ist das Geld. Es kommt ganz in deine Nähe.«

Er grinste. »Das Geld –! Aha! Das kann stimmen. Das Geld hab' ich gerade heute ausgezahlt erhalten.«

»Siehst du! Zeige doch einmal.«

»Was ist daran zu sehen? Papier! Ein Schein wie der andere.«

»Es macht doch Spaß. Wo hast du das Geld?«

»Hier in der Brieftasche.« Er zog sie vor und setzte sich auf den Kasten, mit dem Rücken gegen das Fenster.

Ilsze schob den Schemel dicht an ihn heran und lehnte sich auf seine Knie. Er wickelte die Ledertasche auf und nahm ein Päckchen heraus.

»Ist das viel Geld?« fragte sie.

»Nun – wie man's nimmt. Sechzehntausend Mark –«

»Ach –!«

»Zehntausend in Tausendmarkscheinen, das übrige in Hundertern.«

»Zähle doch einmal.«

»Warum soll ich zählen? Es ist schon gezählt.«

»Du kannst mir doch den Gefallen tun, Endrik.« Sie legte den Arm um seinen Nacken und küßte ihn.

»Meinetwegen denn«, sagte er. »Ich werde auflegen, zähle du selbst.«

Es geschah so. Ilsze paßte auf, daß alle Bildseiten nach oben zu liegen kamen und die Reihen ganz ordentlich Linie hielten. Wo etwas daran fehlte, half sie nach, indem sie zugleich den Kopf wiegte und die Richtung abzirkelte. »Die sind hübsch aufmarschiert«, bemerkte sie, als der letzte Schein seine Stelle hatte.

»Du kannst dir einen davon nehmen«, sagte Kraupat - »welchen du willst.«

Sie lachte. »Auch einen von den großen?« »Ich hab's gesagt: welchen du willst.«

Sie sah zu ihm auf und schüttelte den Kopf. »Das ist nichts für mich, Endrik, du weißt's ja schon: ich nehme kein Geld von dir.«

»Sei nicht närrisch, Kind.«

»Es bleibt dabei. Das Geld bringt uns nur auseinander.«

Er gähnte. »Wie du willst. Ich bin schläfrig. Es war heute ein schwerer Tag. Wir haben viel getrunken.« Er schob die Scheine wieder zusammen und wickelte sie in die Ledertasche.

An der einen Wand war ein Gestell von Brettern angebracht, das ein Bett darstellte. Es lag Stroh darin, ein zerrissenes Laken darüber, oben ein Kopfkissen. Kraupat steckte die Brieftasche unter das Kopfkissen auf der Seite nach der Wand zu. Dann legte er sich schlafen und schnarchte bald laut.

Als er am andern Morgen erwachte, stand Ilsze am Kamin, der sich in dem halbverfallenen Kachelofen befand, und kochte Kaffee. Der kräftige Duft zog ihm um die Nase. »Das wird schmecken«, sagte er, sich reckend. »Mich hungert auch.«

»Es ist Brot und Butter da«, versicherte sie.

Als sie den braunen Trank in zwei irdene Schälchen goß, erhob er sich und setzte sich zu ihr. »Mit dir ist zu leben«, bemerkte er, ihr die Schulter klopfend.

»Das will ich meinen«, antwortete sie schmunzelnd.

»Willst du Brot schneiden?«

»Gib!«

»Die Butter streiche ich darauf.«

Er aß mit großem Behagen. »Wenn ich denke, wie unfreundlich meine Frau gegen mich ist –«

»Verdirb dir nicht den Appetit, Endrik. Es ist so gut, als ob du gar keine Frau hast.«

»Ich habe aber doch eine Frau.« Er seufzte. »Sie weiß, was ich getan habe.«

Ilsze umarmte ihn. »Ich weiß es auch, aber es kümmert mich nicht. Wenn man einem recht von Herzen gut ist –«

»Katze! Du hast's schon mit vielen getrieben.«

»Aber jetzt halt' ich's nur mit dir – solange du mir treu bleibst. Und ich weiß, du bleibst mir treu. Du mußt ja.«

»Wenn meine Frau sich nur von mir scheiden lassen wollte –!«

»Sie ist schlecht. Was hat sie noch von dir? Was will sie von dir? Sie quält dich unnütz. So rachsüchtig könnt' ich nicht sein, Endrik.«

»Sie ist krank im Kopfe.«

»Du solltest sie einsperren lassen. Wer weiß, was sie nicht noch alles herumredet.«

»Ja, man ist keine Minute sicher. Aber wie soll man's anfangen? Ich will einmal mit dem Schreiber reden.«

»Red' lieber mit mir. Ich weiß dir besseren Rat zu geben.«

Die Kätzchen waren unter dem Kasten vorgekrochen und miauten um sie herum. Sie nahm eins nach dem andern auf den Schoß und gab ihm Milch zu trinken. Kraupat schaute zu, die Ellenbogen auf die Knie gestützt. »Besonders, wenn ich nun baue – sie hat verlangt, daß ich das Geld nicht nehmen soll.«

»Willst du denn bauen?«

»Eigentlich möcht' ich nicht. Die Müllerei ist mir zuwider. Und mit so einer Frau – man könnte in Amerika etwas Besseres mit dem Gelde anfangen.« Ihm fiel ein, daß er die Brieftasche noch nicht wieder zu sich gesteckt hätte, und er stand deshalb auf und ging nach der Bettlade, um sie aufzunehmen.

Er hob das Kopfkissen. »Wo ist die Brieftasche?« Er wühlte im Stroh darunter, riß es heraus, streute es auf den Boden. »Wo ist die Brieftasche?« schrie er, feuerrot im Gesicht.

»Ich habe sie verwahrt«, sagte Ilsze ganz ruhig, indem sie ein zappelndes Kätzchen auf die Erde setzte und ein anderes auf den Schoß hob.

Kraupat wußte offenbar im Augenblick nicht, wie das gemeint sein sollte. Halb erleichtert, halb wieder stutzig gemacht, starrte er sie an und knurrte: »Verwahrt? Was soll das? Sie war unter meinem Kopf gut genug verwahrt.«

»Doch wohl nicht«, antwortete Ilsze lächelnd. »Sonst hätte ich sie dir nicht fortziehen können. Das kann leicht ein anderer auch, wenn du so tief schläfst.«

»Gib sie her«, befahl er. »Das ist dummer Spaß.«

»Es ist gar kein Spaß«, entgegnete sie.

»Gib die Brieftasche her, sage ich dir.«

Sie schüttelte den Kopf. »Suche sie doch!«

»Warum soll ich mein Eigentum suchen? Mach' schnell, oder –«

Sie sah ihn mit listig blinzelnden Augen an. »Oder –?«

»Wo hast du die Brieftasche, Ilsze?« .

»Sie ist versteckt. Ich sage nicht, wo. Sie ist gut versteckt.«

Er riß die Augen auf. »Was? Versteckt? Auch vor mir? Was soll das? Mach' mich nicht wild. Die Brieftasche her! Oder ich sage, du hast mir das Geld gestohlen.«

»Sag's doch so laut, daß man's auf der Landstraße hört.«

Ein furchtbarer Verdacht stieg in ihm auf. »Bestie,« schrie er, »du willst an das Geld! Aber das Gericht soll –«

»Zeige mich doch an«, entgegnete sie gelassen. »Ich hab' auch etwas anzuzeigen.«

»Ah– –!« Er ballte die Fäuste und knirschte mit den Zähnen.

»Sei nicht dumm, Endrik«, sagte sie, mit ausgebreiteten Armen ihm entgegengehend. »Was soll ich mit dem Gelde ohne dich?«

Er stieß sie unsanft zurück.

»Besinne dich doch einmal«, fuhr sie fort, ohne sich beirren zu lassen. »Gestern hätt' ich so viel nehmen können, daß ich dich für lange Zeit nicht mehr brauchte und heute hätte laufen lassen können. Hab' ich's genommen?«

»Wozu dann aber – ?«

»Es ist nicht gut, daß du das viele Geld da in der Rocktasche mit dir herumträgst, Endrik. Das ist bald bekannt. Du bist manchmal betrunken und weißt dann von deinen Sinnen nicht. Es kann dir einer die Brieftasche herausziehen, du hast nicht einmal eine Ahnung, wer es gewesen sein möchte. Ich traue auch dem Buckligen nicht – er hat einen falschen Blick. Bei mir ist dein Geld ganz sicher.«

Dabei blieb sie, er mochte bitten oder schelten wie er wollte. Sie hatte im Grunde recht: das Geld war bei ihm schlecht aufgehoben. Aber es war doch sein Geld, und er konnte damit machen, was ihm gefiel. Warum hinderte Ilsze ihn daran? Er meinte, wenn sie ihm die

Sache gut vorgestellt haben würde, hätte er ihr die Brieftasche freiwillig in Verwahrung gegeben. Aber dann wäre ihm doch auch bekanntgeworden, wo sie versteckt lag, und es hatte in seinem Belieben gestanden, ob und wie lange sie da bliebe. Jetzt übte Ilsze gegen ihn einen unerträglichen Zwang. Daß sie ihn »bevormundete«, wäre noch zu leiden gewesen, wenn sie's gut meinte. Aber meinte sie's wirklich gut? Verwahrte sie wirklich nur das Geld für ihn oder hatte sie's für sich selbst in Sicherheit gebracht? Dieser Zweifel peinigte ihn fürchterlich. Das war ja das Geld, für das er ein Menschenleben auf dem Gewissen hatte! Sollte er sich's so unter der Hand fortziehen lassen müssen und nicht einmal schreien dürfen? Sollte er sich am Ende gar selbst auslachen, daß er der Dumme gewesen, der einer so liederlichen, unzuverlässigen Person Vertrauen schenken konnte? Wenn sie ihn um den Gewinn seiner bösen Tat betrog, und er vermöchte sich nicht einmal zu rächen, da seine Mutter geschont werden mußte! Das lag ihm schwer in den Gliedern. Achtundvierzig Stunden entfernte er sich gar nicht aus dem Hirtenhause, ließ er Ilsze nicht aus den Augen. Immer wieder unternahm er einen Sturm auf ihre Festigkeit. Er fing an, das Haus zu durchsuchen, faßte in jedes Wandloch, in jeden Hohlraum über den Balken und Sparren - vergeblich. Ilsze sah ihm mit dem vergnügtesten Gesicht zu, als ob sie ein launiges Versteckspiel vorhätten, um sich die Zeit zu kürzen. Er wurde wild, schlug sie. Auch das führte nicht zum Ziel. Sie setzte sich in einen Winkel und weinte. »Du weißt nicht, Endrik, wie gut ich dir bin.«

Er mußte endlich wieder unter die Leute gehen. Es war bekanntgeworden, daß er die Versicherungssumme gezahlt erhalten. Man war nun der Meinung, daß er in diesem Herbst wenigstens noch das Material zum Umbau heranschaffen werde, und bestürmte ihn mit Anerbietungen aller Art. Es gefiel ihm, so der Gegenstand allgemeiner Aufmerksamkeit zu sein, aber er hütete sich, mit irgend jemand fest abzuschließen. Die neue Mühle müßte, wie er sich ausdrückte, »mit allen Schikanen« gebaut und eingerichtet werden; er wolle sich erst noch genauer informieren. In Wirklichkeit wurde es ihm täglich gewisser, daß er nicht bauen werde. Er vermochte nur nicht zu übersehen, was dann geschehen solle. Er war nicht mehr Herr seiner Entschlüsse.

Ilsze sprach sich auch gar nicht für den Bau aus. »Was willst du mit der Mühle,« sagte sie, »wenn du nicht eine nette Müllerin darin haben kannst? Mit der griesgrämigen kranken, im Kopfe verdrehten Frau zu hausen, das denk' ich mir als kein Vergnügen. Mich aber kannst du da nicht haben, auch wenn du sie los wirst. Man weiß von uns in diesem Nest zuviel. Die Weiber sind hochnäsig und werden mich neben sich nicht gelten lassen wollen. Davon hattest du nur ewigen Ärger und könntest es doch nicht ändern. Nein, das ist nichts für uns, Endrik. Wir müssen fort in die weite Welt und da unser Gluck suchen. Das war ja auch deine Meinung.«

Sie ließ es an Zärtlichkeit nicht fehlen und umarmte ihn so fest, daß er schon nicht mehr die Hände frei regen konnte. Daß ihr Schicksal nun einmal miteinander verkettet sei, daran mußte er wohl glauben. Aber dieser Glaube machte kaum noch in Augenblicken des wüstesten Sinnentaumels selig. Er mußte sich gestehen, Furcht vor der üppigen und listigen Teufelin zu empfinden, die ihn ganz in ihrer Gewalt hatte. Noch einen Versuch stellte er an, sie zu überlisten. Er tat, als ob er völlig überzeugt sei, daß sie fürs ganze Leben zueinander gehörten, herzte und küßte sie und sagte: »Du hast recht, Ilsze, wir müssen fort. Wir wollen zusammen nach Amerika, je eher je lieber. Wenn du einverstanden bist, noch diese Nacht. Gib mir das Geld und mache dich bereit. Wir fahren mit meinem Wagen bis zur nächsten Eisenbahnstation und dann gleich bis Hamburg. Da finden wir immer ein Schiff.«

Aber sie schien zu merken, daß es ihm doch mehr ums Geld zu tun sei als um sie, und antwortete: »Ich kann dir doch nicht trauen, wie ich möchte, Endrik. Wenn du erst die Brieftasche heraus hast, tust du, was du willst, und wirst mich dafür strafen, daß ich sie dir solange vorenthalten habe. Nein, so geht's nicht.«

»Aber du kannst meinetwegen selbst die Brieftasche bei dir behalten, bis wir drüben ans Land steigen«, entgegnete er.

»Da hätte ich auch was Rechtes«, meinte sie, mit den Fingern ein Schnippchen schlagend. »Du bist stärker als ich – die Brieftasche hättest du mir schon fortgenommen, bevor wir zur Station gelangt waren.«

»Das fürchte nicht.«

»Und drüben in Amerika könntest du mich laufen lassen, sobald es dir gefiele.«

»Aber wie könnte mir so etwas gefallen? Ich werde doch nicht in mein eigen Fleisch schneiden.«

»So ungeschickt ist man manchmal doch. Nein, nein! Wenn ich mit dir gehe, muß ich ganz sicher sein, daß uns nichts voneinanderbringen kann.«

Er wurde ungeduldig. »Was verlangst du denn?«

Ilsze schmiegte sich an ihn. »Wir müssen Mann und Frau sein.«

Nun erschrak er. »Wie kann das geschehen? Ich bin verheiratet.«

»Jawohl - *noch* bist du verheiratet.«

»Meine Frau läßt sich nicht scheiden. Gegen sie hab' ich keinen Grund.«

»Auch der Tod scheidet«, sagte Ilsze ganz ruhig, als ob es das Gleichgültigste wäre.

Kraupat sprang entsetzt auf. »Der Tod - ?« »Du sagst doch, sie sei krank und auch nicht gesund im Kopfe. Solchen Menschen stößt leicht etwas zu.« »Ja, aber -« Das Herz schlug ihm laut. »Sie ist deinem Glück sehr im Wege«, fuhr Ilsze fort. »Ich denke, du liebst sie nicht.«

»Aber das ist doch kein Grund -«

»Höre, Endrik, die Brieftasche mit dem Gelde bekommst du nicht, solange sie lebt. Ihr könntet euch wieder aussöhnen.«

Kraupat schnaubte wild. »Das also war dein Plan?«

»Es ist so am besten für dich, Endrik. Wenn die Müllerin tot ist und ich deine Frau bin, hast du Ruhe - sonst nicht.«

»Aber wie soll-?«

Sie faßte seinen Kopf und zog sein Ohr an ihren Mund. »Ich will dir ein weißes Pulver geben, Endrik, das kannst du ihr heimlich -«

»Bestie!« schrie er auf.

»Du brauchst ja gar nicht zu wissen, was es ist. Eine Medizin -«

Er wandte sich entsetzt ab. »Ich meine Frau – nein, um Gottes willen, nein!«

Ilsze zuckte die Achseln. »Ich rate nicht dazu. Ich sage nur, was geschehen muß, damit du ruhig leben und deines Geldes froh sein kannst.«

»Kein Wort mehr davon«, befahl er und eilte fort. Aber er kam wieder.

Und Ilsze ließ sich den Mund nicht schließen. »Es ist doch recht erbärmlich,« sagte sie, »daß einer über so mancherlei Bedenken hinwegkommt und vor dem letzten Schritt zurückscheut, ohne den er doch nichts erreicht. Als ob da für den Teufel ein Unterschied ist, wenn er doch einmal die Seele greift.«

Er wurde schwach. »Tu du's«, entgegnete er. Sie schüttelte den Kopf. »Das kann nicht sein, Endrik. Wenn ich's täte, würd' ich dir verhaßt werden, und du hättest einen Grund, mich zu verwerfen. Du mußt es selbst tun, sonst ist etwas zwischen uns, das ich nicht bewältigen kann. Aber ich gebe dir das weiße Pulver.«

Es durchrieselte ihn eiskalt, aber er widersprach nicht mehr.

Am andern Morgen steckte ihm Ilsze, ohne ein Wort zu sagen, ein kleines Päckchen in die Hand und gab ihm einen Kuß.

Er wußte, was es enthielt. Tagelang trug er es mit sich herum. Es kam ihm nicht aus den Gedanken. Er berauschte sich, aber dann wurde die Qual noch größer: er sah Bilder vor Augen, die alles Grausigste überboten, das seine Phantasie jemals aufgeregt hatte, hörte Jammerlaute, die sein Mark erschütterten. Ein Glas Branntwein auf dem Tische setzte ihn so in Furcht, daß er zitterte; schon der Geruch vertrieb ihn aus der Krugstube. Einen Mord sollte er auf seine Seele laden, sein eigenes Weib – er schüttelte sich. Ilsze hat doch ganz recht: Ruhe ist nicht zu finden, außer dieses Letzte geschieht. Und sie hält das Geld fest. – Es ist ihr nicht mit Gewalt und nicht mit List abzunehmen. Soll alles umsonst gewesen sein?

Er umstrich das Mühlenhäuschen, machte sich zwischen den Brandmauern an den Steinhaufen und Stapeln von verkohltem Holz etwas zu schaffen und kehrte immer wieder um. Aber er überlegte, wie das Pulver seiner Frau beigebracht werden könnte, ohne daß

Maxe in Gefahr käme. Er liebte das Kind. Ihm geschah schon Leid genug, wenn es die Mutter verlor. Er wollte sich in die Küche einschleichen und das Pulver in den Kochtopf schütten. Aber dann mußte erst Maxe entfernt werden. Er meinte sie wohl an sich locken und bis zum Abend auswärts beschäftigen zu können. Zu Ilsze sagte er wie beiläufig: »Wenn ich dir einmal meine Tochter, die Maxe, mit einer Bestellung hinausschicke, so halte sie auf, daß sie nicht weggeht, bis ich selbst komme.«

»Die Kätzchen sind ein hübsches Spielzeug«, antwortete sie lachend.

Er wollte am andern Vormittag warten, bis Maxe aus der Schule kommen würde, und setzte sich auf den Stumpf einer Weide am Wege, nicht weit von der Mühle. Er konnte da ins Wasser sehen, das sonst so fleißig das Mühlrad gedreht hatte, und jetzt schnell abfloß, an der Ruine einen kleinen Wasserfall bildend. Wenn die alte Mühle noch stände! Er seufzte schwer. Wenn sie noch stände!

Jemand schlug ihm von hinten leicht auf die Schulter. Er erschrak und blickte um. Es war der Postbote Jakubeit. »Guten Tag, Herr Kraupat«, sagte er. »Ich war schon im Kruge, fand Sie aber nicht. Da ist ein Schreiben an Sie mit dem Gerichtssiegel.«

»Ein Schreiben an mich – ?«

»Ja, mit dem Gerichtssiegel. Sie müssen mir den Empfang bescheinigen.«

»Jawohl –«

»Können wir dazu ins Haus gehen?«

»Nein. Aber wenn Sie nochmals in den Krug –«

Sie gingen dorthin. Kraupat ließ dem Postboten ein Gläschen vorsetzen, während er mit schwerer Hand unterschrieb.

Als er allein war, öffnete er das Schreiben. Es enthielt seine Vorladung als Zeuge in der Untersuchungssache gegen Ensikat auf einen der nächsten Tage. Das war zu erwarten gewesen, aber nun es eingetroffen war, erschütterte es ihn gewaltsam. Was sollte er tun? Ausbleiben? Damit zog er doch die Entscheidung nur kurze Zeit hin. Die Wahrheit sagen? Unmöglich! Falsches Zeugnis ablegen? Die Kehle schnürte sich ihm zusammen. Auch das noch!

Der Krüger kam wieder herein. »Wissen Sie schon, Kraupat,« sagte er, »daß Ihre Mutter sehr krank ist?«

»Meine Mutter?«

»Ja. Es ist nach dem Arzt geschickt. Sie soll gestern einen Schlaganfall gehabt haben. Ein Arm und Bein sind völlig gelähmt.«

»Meine Mutter –!« Er stürmte fort nach dem kleinen Hause. Erst wenige Schritte davor fiel ihm ein, daß die alte Frau ihm im Zorn verboten hatte, zu ihr zu kommen. Aber er stutzte doch nur einen Augenblick. Dann ging er hinein. Seine alte Mutter mußte er noch einmal sehen.

Er war nicht wenig überrascht, Berta bei ihr zu finden. Sie verrichtete augenscheinlich Krankendienste. Als sie den Müller eintreten sah, stand sie vom Stuhl am Bett auf, stellte das Schälchen, aus dem die alte Frau gegessen haben mochte, auf den Tisch und machte Anstalt, sich zu entfernen.

»Bleibe doch, bleibe,« lallte die Kranke mit schwerer Zunge, »laß mich nicht allein.«

»Ich komme wieder«, sagte Berta freundlich und ging mit gesenkten Augen an ihrem Manne vorbei, der sich seitwärts aufgestellt hatte und die Mütze mit beiden Händen wie ein Bettler vor sich hinhielt, aus der Tür.

Fischerhaus am Haff. Federzeichnung von Ernst Wichert.

Die Kranke richtete den Kopf ein wenig auf und erkannte ihren Sohn. »Kommst du, Endrik, kommst du,« keuchte sie, »um zu sehen - was deine Frau - an mir tut? Sie ist gut - sie ist engelgut - du hast ihr - schweres Unrecht getan.«

Er sank vor dem Bett auf die Knie nieder, faßte hastig ihre schlaffe Hand und bedeckte sie mit Küssen. »Ja, Mutter,« stammelte er, »ich bin ein Sünder, ein großer Sünder vor Gott und den Menschen.«

»Mit mir - geht's zu Ende -« fuhr sie mühsam fort. »Wer weiß - ob ich die Nacht noch - erlebe. Sie haben - nach dem Arzt geschickt, aber der - kann mir nicht helfen. Es kann mir keiner helfen als der Herrgott allein - und sein lieber Sohn - der für uns am Kreuz gestorben ist. Aber ich weiß - er verwirft mich - wenn ich nicht meine Schuld - hier auf Erden bekenne. Nach dem Geistlichen - verlangt mich, nach dem Geistlichen. Aber wie kann ich ihm beichten, ohne meinen einzigen Sohn - zu verderben? O mein Gott, mein Gott, du weißt, daß ich meinte - einem Unschuldigen aus schwerer Not zu helfen – meinem einzigen Kinde –! Und nun – muß ich ihm auch das – aufs Gewissen laden, daß ich ohne Beichte – und Abendmahl sterben muß und die ewige Seligkeit – nicht finden kann –«

Ihre Worte wurden von schluchzenden Tönen erstickt.

»Mutter – Mutter!« rief er, »du wirst noch nicht sterben, du darfst noch nicht sterben. Es wird alles gut werden – warte noch kurze Zeit mit der Beichte – nur bis morgen.«

»Wie kann alles gut werden?« stöhnte sie, »du hast – die Mühle angesteckt – und ich hab' die Ilsze – zu einem Meineid verleitet – und dich hat die schlechte Person – in ihre Gewalt gebracht, daß du zu deiner Frau – nicht mehr zurück kannst – und den Ensikat haben sie unschuldig – ins Gefängnis gesperrt –«

»Mutter –« bat er schluchzend, »laß den Herrn Pfarrer kommen – sogleich, daß er dich erleichtert. Sag' ihm alles – und er mag's dem Gericht anzeigen. Was du gefehlt hast – aus Liebe zu mir – das wird Gott dir verzeihen können. Aber ich – ich will büßen.«

»Nein, nein – ich kann's nicht,« wimmerte sie, »mein Sohn – mein einziger Sohn –«

Er stand auf, beugte sich über sie und küßte ihren Mund. »Ade, Mutter,« sagte er, »ich will's selbst besorgen – das sei mein Dank.«

Die alte Frau wollte ihn zurückhalten, aber auch die nicht gelähmte Hand hatte keine Kraft. Kraupat verließ rasch das Stübchen und gleich darauf auch das Haus. An die Tür seiner Frau wagte er nicht anzuklopfen.

Eben kam Mare aus der Schule. Sie lief auf den Vater zu, umfaßte ihn und sagte: »Warum kommst du gar nicht mehr zu uns? Die Mutter ist so traurig. Hast du denn immer in der Stadt zu tun? Ich weiß gar nicht –« Sie fing an zu weinen. »In der Schule – rücken die Kinder von mir fort, und der Lehrer Hat gesagt, es sei ein Skandal, und ich könnte nicht länger bleiben.«

Er streichelte ihr das blonde Haar. »Lauf zum Herrn Pfarrer«, sagte er weich. »Die Großmutter ist sehr krank. Er möchte sogleich zu ihr kommen – sie will das heilige Abendmahl nehmen. Aber spute dich.«

»Soll ich nicht erst die Mutter fragen?«

»Nein – es wird sonst zu spät.« Er hob das Kind auf, drückte es an die Brust und küßte es herzlich.

»So bist du mein lieber Vater«, rief Mare und eilte fort, dem Kirchenstege zu, der sie auf kürzestem Wege nach dem Pfarrhause bringen konnte.

Der Müller sah ihr eine Weile mit umflorten Blicken nach. Die Hand hatte er in die Tasche gesteckt. Sie faßte unwillkürlich das Päckchen mit dem weißen Pulver. Jetzt hätte er leicht in die Küche zurückgehen und es dort ausschütten können. Aber das kam ihm gar nicht in den Sinn. Etwas ganz, ganz anderes.

Er ging langsam in den Krug und ließ sich ein großes Glas Branntwein geben. Das nahm er mit auf sein Giebelzimmer. Dort schüttete er das weiße Pulver hinein und rührte die Flüssigkeit mit einem Stahlfederhalter um. Ehe sich die weiße Masse wieder gesetzt hatte, trank er hastig den Branntwein aus.

Und dann trat er ans Fenster und blickte eine Weile unbeweglich hinaus in die Ferne. Er sah über die Stallgebäude des Kruges hin an dem nächsten, von hohen Linden überragten Bauernhof vorbei auf die Wiesen und Felder der Dorfschaft. In der Ferne der mattere Streif von Grün war die Weide, und hinter ihr zog sich sein Wäldchen lang hin, hier zugleich den Horizont begrenzend. Er erkannte auch das alte Hirtenhaus. Vom Dach her stieg dichter Rauch von den Birken auf und sammelte sich über ihnen zu einer kleinen grauen Wolke. Da kocht die Ilsze ihr Mittagessen. Aber der starke Rauch – sie muß nasses Holz in den verfallenen Ofen gelegt haben. Natürlich! Sie nimmt auf, was sie findet. Viel Mühe darf das Suchen nicht kosten. So eine leichtfertige Person –

Er dachte sonst an nichts – nicht an ihre Zärtlichkeiten und nicht an ihre Bosheiten, nicht an ihren falschen Eid und nicht an seine Brieftasche mit dem Gelde. Eher an die fünf kleinen Kätzchen und wie sie ihnen den Garnfaden mit dem Lappen zuwarf. Seitab, aber nicht weit über Feld, war der Kirchturm sichtbar, und wenn er sich zum Fenster hinauslehnte, konnte er auch ein Stück von dem Kirchsteig sehen. Die Mare wird nun schon vorüber sein. Der Pfarrer ist ein guter Mann, er geht gewiß gleich mit ihr – und die alte Frau hat Ruhe zum Sterben. Berta aber – die muß leben für die Kinder. Wenn's erst vorüber ist – das nächste... So ein liederlicher Mann ist bald vergessen. Und sie wird vielleicht doch sagen: So ganz schlecht war er nicht. Er hat sich verblenden lassen, ein geringes Unrecht zu tun, und es ist wider seinen Willen ein großes daraus geworden – und dann ist's so Schritt nach Schritt weiter gegangen, immer tiefer in die Lüge und Verderbnis hinein. Aber soviel Ehr' im Leibe hat er zuletzt doch noch gehabt.

Ihm wurde sehr unwohl. Es zuckte ihm durch die Glieder, alle Muskeln seines Gesichts zuckten. Er warf sich aufs Bett und wälzte und krümmte sich in Schmerzen. »Nur zu!« rief er, »nur zu! Das war kräftig angepackt! Dein Pulver wirkt gut – aber das hast du dir nicht gedacht. – Gott, Gott, sei barmherzig!«

Währenddessen hatte Ilsze sich aus dem Hirtenhause entfernt, um nachzusehen, ob Mare bald käme. Sie nahm für gewiß an, daß Endrik nun endlich zur Tat Mut gefaßt haben werde. Die Mare wollte er ihr hinausschicken. Sie hatte erst die Suppe mit Kartoffeln und Fleisch gekocht und dann den Kamin noch einmal eingeheizt, um einen Kuchen für das Kind zu backen. Der Teig stand im Ofen. Sie hatte dabei nichts weiter zu tun und ging trällernd hinaus vor die Tür, hielt die Hand gegen die Mittagssonne über die Stirn und schaute nach Mare aus.

Da sie noch immer nicht kam, ging sie ihr entgegen, erst die Trift entlang und dann auf der Landstraße bis nahe an das Dorf heran. Sie setzte sich auf einen schräggewachsenen Baum, nahm ein paar runde Steinchen auf und fing sie bald mit der Fläche, bald mit dem Rücken der Hand. Das unterhielt sie eine Weile ganz gut.

Als ihr der eine Kiesel fortgesprungen war und sie sich zurückwandte, ihn wieder aufzuheben, bemerkte sie über dem Hirtenhause den dichten Rauch. Er drang aus dem Schornstein, soviel von einem solchen stehengeblieben war, aber auch aus dem Dach. Das verwunderte sie doch. Sollte das Holz im Kamin nochmals aufgebrannt sein und solchen Qualm verursachen? Sie stand auf und schaute einige Minuten aufmerksam hin. Was war das? Eine kleine Flamme leckte über das graue Stroh hin. lind gleich darauf schlug sie hoch auf, und eine schwarze Rauchmasse quoll rund um den Schornstein vor.

»Herr Jesus – das Haus brennt,« schrie sie, »das Haus!« Sie war einen Augenblick ganz wie betäubt, wußte nicht, was sie zuerst beginnen sollte. Dann lief sie ein Ende gegen das Dorf hin und rief: »Rettet, rettet - das Hirtenhaus brennt!« Schon war die Flamme auch dort bemerkt worden. Einige Knechte und Mägde aus dem letzten Bauerngehöft traten auf die Straße hinaus, zeigten auf das Hirtenhaus hin und schrien: »Feuer, Feuer!«

Plötzlich blieb Ilsze wie angewurzelt stehen, griff sich mit beiden Händen ins Haar und kreischte auf: »Das Geld - das Geld! Das Geld verbrennt! Das Geld!« Und dann, als ob ein Wirbelwind sie umgedreht und fortgeblasen hätte, jagte sie über die Landstraße fort, durch den Graben, quer über die Felder auf das brennende Haus zu. Eine Schar von Männern und Weibern folgte ihr, konnte sie aber nicht einholen. Schon stand das ganze Dach in hellen Flammen. »Zu helfen ist da nichts - das alte Ding brennt herunter - im Brunnen wird kaum noch ein Eimer Wasser sein.« Es war gar keine Eile nötig, aber man lief doch, weil man das Mädchen laufen sah. Und im Dorfe rief jeder, der in der Ferne den Rauch aufsteigen sah: »Feuer - Feuer!«

Und das hörte auch der Mann, der in der Giebelstube des Krügers sich in Krämpfen wand, auf seinem Schmerzenslager. »Feuer - Feuer!« Er horchte auf, ächzte: »Feuer - ja Feuer! Die alte Mühle - Feuer!« und verschied.

Ilsze erreichte keuchend das brennende Haus, riß die Tür auf und stürzte in den Flur. Dicker Qualm drang ihr entgegen, wälzte sich vom Strohdach abwärts in den schmalen Gang hinein, verhüllte sie in wenigen Sekunden völlig, so daß sie nicht eine Spanne weit sehen konnte und die Augen schließen mußte. Sie tappte an der Wand hin. »Das Geld - das Geld! Er denkt, ich hab's ihm gestohlen.«

Die Brieftasche steckte im früheren Stall unter der Krippe, die lose an der Lehmwand hing. Wurde sie ein wenig gehoben, so ließ sich ein flacher Gegenstand einklemmen. Dorthin also. Die Flammen brachen durch den Deckenbelag von Brettern, Bündel brennenden Strohs fielen durch die Lücken auf den Estrich hinab, sperrten den Weg. Ilszes Haar und Kleider brannten, aber sie achtete nicht darauf, nicht auf den Schmerz der Brandwunden - das Geld mußte sie herausholen. Sein Geld!

Und es gelang ihr mit dem äußersten Aufgebot der Kräfte, sich bis zur Krippe durchzudringen. Sie bog sie von der Wand ab, griff mit der Hand dahinter, faßte die Tasche. »Gott sei Dank! Eine Diebin bin ich nicht.« – Aber wie den Weg zurückfinden? Sie versuchte die Wand einzuschlagen – es gelang nicht. Mitten durch die Flamme mußte sie, die der Zugwind anfachte, nachdem die Haustür geöffnet war. Sie preßte die Lippen zusammen, um den Rauch nicht einzulassen. Aber sie mußte doch atmen. Es war, als ob sie Feuer in sich hineinschlang. Durch – durch! Sie stieß schon an die Schwelle zum Flur. Noch ein paar Sprünge, und die Tür mußte erreicht sein. Da hörte sie ein klägliches Miauen unten ganz in ihrer Nähe. Eins von den Kätzchen lebte noch. Sie bückte sich, tastete mit der Hand herum. In diesem Augenblick stürzte die Decke hinter ihr prasselnd ein. Die Flamme bekam von oben Luft, sprang hoch auf und drückte den Qualm gegen den Fußboden. Ilsze fiel ohnmächtig vornüber – ein kurzer Stickhusten – dann war's zu Ende.

Die Nachfolgenden hatten sie in das Haus laufen gesehen. Man hielt sie für verloren. Zur Löschung des Feuers konnte nichts geschehen. Man mußte sich damit begnügen, mit einer Hakenstange, die am Brunnen lag, das brennende Stroh vom Dach vorn am Giebel herunterzureißen und einige Eimer Wasser durch die Tür in den Gang zu gießen, damit Ilsze, wenn sie noch am Leben wäre, den Ausgang frei hätte. So wurde hier einen Augenblick die Flamme bewältigt. Die Nächststehenden glaubten auf dem Boden eine menschliche Gestalt zu erkennen. Man begoß sie mit Wasser. Sie drangen ein, schleppten den Gegenstand heraus, der wie eine Fackel brannte, und drückten das Feuer aus.

Ilsze lebte nicht mehr. In der rechten, krampfhaft geschlossenen Hand hielt sie ein verkohltes Leder. Asche fiel heraus und wurde vom Winde über das Gras und die Steine hin verweht.

Das war der letzte Rest der alten Mühle von Kraupatischken.

tredition®

Über tredition

Eigenes Buch veröffentlichen

tredition wurde 2006 in Hamburg gegründet und hat seither mehrere tausend Buchtitel veröffentlicht. Autoren veröffentlichen in wenigen leichten Schritten gedruckte Bücher, e-Books und audio-Books. tredition hat das Ziel, die beste und fairste Veröffentlichungsmöglichkeit für Autoren zu bieten.

tredition wurde mit der Erkenntnis gegründet, dass nur etwa jedes 200. bei Verlagen eingereichte Manuskript veröffentlicht wird. Dabei hat jedes Buch seinen Markt, also seine Leser. tredition sorgt dafür, dass für jedes Buch die Leserschaft auch erreicht wird.

Im einzigartigen Literatur-Netzwerk von tredition bieten zahlreiche Literatur-Partner (das sind Lektoren, Übersetzer, Hörbuchsprecher und Illustratoren) ihre Dienstleistung an, um Manuskripte zu verbessern oder die Vielfalt zu erhöhen. Autoren vereinbaren direkt mit den Literatur-Partnern die Konditionen ihrer Zusammenarbeit und partizipieren gemeinsam am Erfolg des Buches.

Das gesamte Verlagsprogramm von tredition ist bei allen stationären Buchhandlungen und Online-Buchhändlern wie z. B. Amazon erhältlich. e-Books stehen bei den führenden Online-Portalen (z. B. iBookstore von Apple oder Kindle von Amazon) zum Verkauf.

Einfach leicht ein Buch veröffentlichen: **www.tredition.de**

Eigene Buchreihe oder eigenen Verlag gründen

Seit 2009 bietet tredition sein Verlagskonzept auch als sogenanntes "White-Label" an. Das bedeutet, dass andere Unternehmen, Institutionen und Personen risikofrei und unkompliziert selbst zum Herausgeber von Büchern und Buchreihen unter eigener Marke werden können. tredition übernimmt dabei das komplette Herstellungs- und Distributionsrisiko.

Zahlreiche Zeitschriften-, Zeitungs- und Buchverlage, Universitäten, Forschungseinrichtungen u.v.m. nutzen diese Dienstleistung von tredition, um unter eigener Marke ohne Risiko Bücher zu verlegen.

Alle Informationen im Internet: **www.tredition.de/fuer-verlage**

tredition wurde mit mehreren Innovationspreisen ausgezeichnet, u. a. mit dem Webfuture Award und dem Innovationspreis der Buch Digitale.

tredition ist Mitglied im Börsenverein des Deutschen Buchhandels.

Dieses Werk elektronisch lesen

Dieses Werk ist Teil der Gutenberg-DE Edition DVD. Diese enthält das komplette Archiv des Projekt Gutenberg-DE. Die DVD ist im Internet erhältlich auf **http://gutenbergshop.abc.de**